極振り拒否して手探りスタート!
特化しないヒーラー、仲間と別れて旅に出る
author 刻一
Illustration MIYA*KI

ルーク
シオン
ルシール
ミミ
ボロック

モンスターを倒しながら森の中を
進んで数時間、薄暗かった森の奥に
光が見え始め、森を抜けたところで
急に空が見えた。
「あ、あれは……」
誰かが驚きの声を上げた。
一面に広がる湖。緑の草原。
岩肌むき出しの山々。
丘の上、切り立った山の側にあるのは、町。
石造りの建物の町がそこにあった。

「水滴、の魔法書？」

一旦、思考をリセットし、オリハルコンの指輪を指にはめる。

アテがない状態で合っているか間違ってるか分からない
作業を延々と進めるのは精神的に来るモノがある。

そう思いつつ魔法袋の中に手をつっこみ、適当に
残りのアイテムを引っ張り出すと――

「えっ……」

手とソレが繋がるような感覚。

ゆっくりと魔法袋からソレを引き出していくと。

極振り拒否して手探りスタート！
特化しないヒーラー、仲間と別れて旅に出る
4
author 刻一
Illustration MIYA*KI

イラスト／ＭＩＹＡ＊ＫＩ

CONTENTS

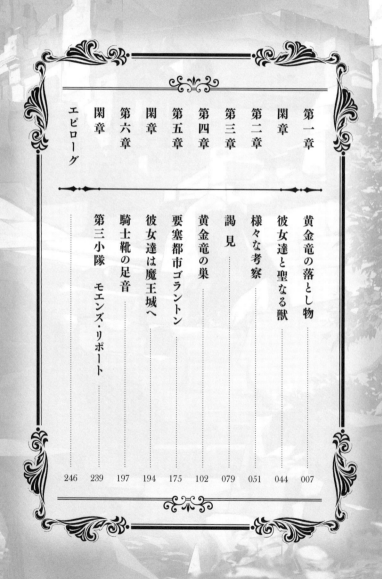

ARMUST KINGDOM

MAP

カナディーラ共和国
要塞都市ゴラントン
嘆きの山の廃坑
商業都市アルノルン
タンラ村
N
W
E

第一章

黄金竜の落とし物

CHAPTER 1

「ということで、黄金竜《りゅう》のお宝探しに行くよ！」

「いきなりですね」

夕飯時の食堂。いつものようにカウンターで夕食を貰《もら》ってテーブルにつくと、向かいに座《すわ》っていたシームさんが身を乗り出しながらそう言った。

「こらシーム、いきなりすぎるだろ……。だがルーク、空いてるなら一緒《いっしょ》に組まないか？　前に言ってた用事はもう終わったんだろ？」

「あぁ、はい。一応、終わったと思います」

例の幽霊騒動《ゆうれいそうどう》に一応の結論が出て、あの『幽霊とは違《ちが》う謎《なぞ》の幽霊っぽいなにか』は出てこなくなった。なのでもうあれは終わったのだと思っている。謎は沢山《たくさん》残ったままだけど。

ここ最近、ほとんどの冒険者達《ぼうけんしゃたち》が黄金竜の『落とし物』を求め、地面を凝視《ぎょうし》しながらヤモリのように這《は》いずり回っている中、僕《ぼく》は昼夜逆転状態でそれどころではなかった。なのでサイラスさんからは落とし物探しを一緒にやらないかと早い段階から誘《さそ》われていたけど断っていた。

「じゃあ決まりだな。明日の朝から行けるか？」

「ええ、大丈夫《だいじょうぶ》です。ところで黄金竜のお宝を見付けた人って既《すで》にいるんですか？」

大型モンスターが移動したからってそんなにポロポロと鱗《うろこ》とかを落とすモノなのだろうか？　確率的にはかなり低い気がするけど……ってこのオリハルコンの指輪も黄金竜が落とした可能性が高いみたいだし、それなりに色々と落としていくのかも。

このオリハルコンの指輪も謎だらけだし、早い内に調べないと。

「あぁ、確認《かくにん》はしてないが黄金竜の毛が二本か三本、見付かったという噂《うわさ》がある」

「それ聞いてサイラス焦《あせ》ってんの！」

なるほど、毛ね。

そういや春とか動物の毛の生え変わり時期には道端《みちばた》で犬の毛の塊《かたまり》っぽい謎の物体を見た気がする。そう考えると毛ぐらいならパラパラ落ちそうな気もするけど、そもそもドラゴンでも毛って生え変わるのだろうか？　いや、生物なら毛が伸《の》びて抜《ぬ》けてまた生えてくるサイクルは同じだろうし、定期的に抜けるはず。人間だって一日に数十本とか数百本とか抜けて生え変わると聞いた気がするし、ドラゴンもそれぐらい抜けててもおかしくない。

「黄金竜だぞ⁉　一生に一度あるかないかの大チャンスだぞ！　なのになにも見付からないなん

て……焦りもするさ」

「シオ～ン、今日もカワイイね！」

シームさんに餌付《えづ》けされつつあるシオンを見ながら考える。

う～ん、確かに黄金竜はSランクともそれ以上とも言われている強力なモンスターで、普通《ふつう》に考えて勝てるような相手ではないし、一般《いっぱん》的な冒険者がそんなモンスターのドロップアイテムを手にすることはないはず。そう考えると普通の冒険者にとって今は千載一遇《せんざいいちぐう》の大チャンスだよね。確か鱗一枚で一生遊んで暮らせるらしいし、宝くじより確率は高いかも。

◆　◆　◆

翌朝、早起きして食堂で待っていると、サイラスさんとシームさんと、そしてルシールがやって来た。

「早いな。待ったか？」

「いえ。ところで今日はルシールも一緒なんですか？」

「……私も冒険者」

ルシールは……なんというか、いつも資料室で見るから資料室の主みたいなイメージが出来ている。

文系というか文官というか、あんまり外で冒険者をやってるイメージがないんだよね。

今日のルシールはいつもの黒いローブにプラスして腰《こし》にショートソード、そしてリュックを背負《せお》い、冒険者と言われたら冒険者だけど、それにしては少し違和感《いわ》があった。

「あぁ、ルシールとはよく組んでるんだ。それに今回は人手が欲《ほ》しい」

「昨日までは『少人数の方が分け前が多い』って言ってたくせに～」

「それは言うなっての！」

という話をしながら町を出て北へ進む。

晴れた空の下、周囲には沢山の冒険者。彼《かれ》らは皆《みな》、地面を見ながら棒きれで草をかき分けたりしている。

どうやら彼らも黄金竜の落とし物を探しているらしい。

なんか地球にいた頃《ころ》、刑事《けいじ》ドラマでこんなシーンを見た気がするな。

殺人事件が起こり、刑事と鑑識《かんしき》が殺人現場で遺留品を探す。そして『あったぞ！』の声に刑事達が集まってきて、『変ですねぇ。こんな場所にこんな物が落ちているなんて』『警部殿《どの》、現場には入らないようにと言ったはずですがねぇ』みたいな展開になってそれから犯人の手がかりを見付けていく、みたいな流れ――

「あったぞ！」

「マジかよ！」

「どこだ！　どこだ！」

棒きれで草むらをかき分けていた冒険者の一人が叫《さけ》ぶと、周囲の冒険者達がどんどん集まってきて押《お》し合い圧《へ》し合いを始めた。

「なにか見付かったらしいよ？」

「……気にしなくていいぞ。こんな町に近い場所、この数日の内に散々探しつくされているからな。こんな場所にあるわけない」

そう言ったサイラスさんは冒険者達をチラリと見た後、少し足を速めながら街道《かいどう》を進んでいった。

どうやら『気にしなくていい』と言いつつもちょっと焦りがあるのかも。

しかしどうなのだろうか？　流石《さすが》に鱗とかなら見逃《みのが》すはずがないけど、毛なら風で他から飛んで来る可能性はあると思うけど。

「ところで黄金竜の毛が二本か三本、見付かったって噂だけど、そんな少ない量でなんの使い道があるの？」

それなりに量があれば編み込《こ》んで布にしたら凄《すご》い服とかに出来そうだけど、一本二本では使い道が少なそうだしあまりお金にならない気がする。

「あぁ、黄金竜の毛は火にも魔法《まほう》にも強くて刃物《はもの》でも簡単には切れないらしい。服の中に一本縫《ぬ》い込むだけでも違うと思うぜ。上の人らには別の使い方もあるらしいが、詳《くわ》しくは知らないな」

「そうなんだ」

確かに、一本でも縫い込む場所によっては意味があるかも。切られても切られないってのは大きいよね。

そう思っていると後ろにいたルシールが補足を入れてくれた。

「強いモンスターの素材で作られた装備品は特殊《とくしゅ》な効果が付く場合がある。装備者の魔力や力が上がったり色々。以前、黄金竜が飛び立った時に集められた素材で作られた装備品はどこかの国で国宝になっていているらしいわ」

「へー！」

「さっすがルシール、物知り！」

装備者の魔力や力が上がる装備、か。要するにＩＮＴとかＳＴＲとかパラメータが上がる装備でいいのかな？

ランクフルトでお世話になった麻痺《まひ》のナイフみたいな特殊効果が付く装備もあるんだし、そういう特殊な装備があってもおかしくないか。

しかし以前聞いた魔法武具とか属性武具とは別口の効果なのだろうか？　そのあたりもよく分からない。

僕が使っている装備品はオリハルコンの指輪以外は全《すべ》て一般的な素材を加工しただけの物で、そんなに特殊な効果を持つアイテムは持ってないと思う。闇水晶《やみすいしょう》の短剣《たんけん》は特殊と言えば特殊だけど、これは魔力を流せば硬《かた》くなるという物質的な特性だし。

イマイチこの世界の武具について完全には理解出来てない部分がある。なんだか凄そうな装備品は存在しているみたいだし、高レベルの冒険者とかはすんごい武具を使ってるっぽいけど、僕はまだそんな凄いアイテムを手に入れられる段階にないし、強化スクロールでの装備強化すらやっていない。失敗した場合に消えるデメリットが大きすぎて金銭的にチャレンジ出来るだけの余裕《よゆう》がないしね。

でも、いつかそういう強力な装備を手に入れてみたい。というか上を目指すなら必須《ひっす》なはず。

「まだまだ先は長いな」

◆　◆　◆

途中《とちゅう》で拾った枯《か》れ木で草をかき分け、頭上を見上げて木の枝もかき分ける。

そしてまた地面の草を枯れ木でかき分け、頭上を見上げて木の枝をかき分ける。

そして……ってこれちょっと単純作業すぎ！

空港の滑走路《かっそうろ》に落ちている針を片っぱしから探していくような作業……いや、まだ針が落ちているると分かっているならいいけど、これはそもそも本当に落ちているのかすら分からないからキツさが半端《はんぱ》ない。もしかすると僕達は存在しないモノを延々と探している可能性もあり得るのだから。

「……飽《あ》きた」

少し先にある木をガサゴソと探《さぐ》っていたシームさんがピタリと止まり、手から枯れ木をポトリと落とす。

「もう飽きた！」

「おいシーム！　森の中で大声出すなよ！」

まぁそうなるよなぁ……。

森に入って数時間、全員でひたすらアテもなく周囲の草木をかき分けるだけの作業。僕ですらちょっと面倒《めんどう》になってきてるしね。ルシールはこういう作業が気にならないのか黙々《もくもく》と草木をかき分け続けているけど。

ゲームのレベル上げとかアイテム集めも単純作業になりがちだけど、それでも着実に経験値が溜《た》まっていくのが見えたり、確率は低くてもその作業を続けていればいつかは手に入ると分かっているから続けられる。でも、先が見えないってのはちょっとキツい。

「……お昼」

「おっ、そうだな！　じゃあちょっと休憩《きゅうけい》にしよう！」

ルシールのつぶやきを聞いたサイラスさんがリュックを下ろして中から色々と引っ張り出してくる。

袋《ふくろ》に入った黒パンに乾燥《かんそう》肉。冒険者としてはポピュラーな昼食だ。

「今日は俺《おれ》のおごりだ！　皆、食べ――」

「いっただきー！」

「キュー！」

言い終わる前にシームさんが手を伸ばす。

早い！　もう機嫌《きげん》が直ってる！　というか、どさくさに紛《まぎ》れてシオンも参加してる！

しかし、ここ数日、彼らは二人で黄金竜の落とし物探しをしていたらしいけど、その間どうやってシームさんの集中力を繋《つな》いできたのかなんとなく分かってきたぞ。

僕も背負袋から外套《がいとう》を出して適当に敷《し》いて、乾燥肉を数枚とサイラスさんが切ってくれた黒パンを一枚貰う。

「ところで黄金竜の鱗ってどれぐらいの大きさなんです？」

「あー……詳しくは知らないが大きいらしいぞ」

詳しくは知らないって、そんな適当な感じで探してたのか……。でも大多数の普通の冒険者では見る機会はないのかな。

「大体ラウンドシールドぐらいの大きさ。先代様が言ってた」

「先代様、ってボロックさんのこと？」

「そう」

そうか。前に黄金竜が巣から飛び立った時はボロックさんが巣に行って爪《つめ》を持ち帰ったんだっけ。それでその爪からクラン名『黄金竜の爪』の名が付いた的な話だったはず。

黄金竜の巣なら鱗ぐらいいくつも落ちてそうだし、持ち帰ってもいると思う。

……というか、以前、黄金竜が飛び立った時にボロックさんが行ったということは、黄金竜の巣までのルートは存在しているはずだし、黄金竜がいない今はまたチャンスなのでは？　巣に行けばこんな雲を掴《つか》むような黄金竜の落とし物探しをしなくても拾い放題だよね？　飛ぶだけで色々落とすなら巣には絶対に色々落ちてるはずだし、どうして誰《だれ》も行こうとしないのだろうか？

「こんなアテもなく探すより黄金竜の巣に行った方が早いんじゃない？」

「おいおい、無茶言うなよ。黄金竜が巣にいなくても巣の周辺は強力なモンスターだらけという噂だ。俺達だけじゃ厳しすぎる。……そもそも先代は黄金竜の巣までのルートを公開していないしな」

「黄金竜を無駄《むだ》に刺激《しげき》するのはよくない。人間が下手に刺激して怒《いか》りを買ったら国が滅《ほろ》ぶ」

「なるほど……」

黄金竜はそういうレベルのモンスター、か。

確かに冒険者などが一攫千金《いっかくせんきん》狙《ねら》いで黄金竜を狙いまくった場合、それで黄金竜がどう考えるのかは分からないけど、もし万が一、人間に対しての怒りや苛立《いらだ》ちが高まってしまったら近くの町を積極的に狙うようになるかもしれない。そんなことになったら本当に国が滅ぶ。

う～ん……多分この国とかアルノルンの町は『黄金竜がこれまで町を襲《おそ》おうとは思わなかった』ということの上なく運が良い状況《じょうきょう》が続いて成り立っていたのかも……。

黄金竜を討伐《とうばつ》出来れば安心だけど、そんな戦力は中々持てないだろうし、もし戦力があったとしても失敗したら報復されて国が滅ぶかもしれない。国側としては黄金竜がなにもしないなら触《ふ》れたくない。しかし命知らずの冒険者が巣に突入《とつにゅう》してしまうと、それだけでバランスが崩《くず》れるかもしれない。

そりゃあ、黄金竜の巣までのルートは一般公開出来ないよね。

「よしっ！　それじゃあ休憩終了《しゅうりょう》！　続きだ続き！」

「うぇぇぇ……」

「キュゥゥ……」

何故《なぜ》か残念そうなシオンを抱《だ》き上げて肩《かた》に乗せる。

というか、いつの間にシームさんとそこまで仲良くなったんだ？　食いしん坊繋《ぼうつな》がりか？

……さて、午後の探索《たんさく》はどうしようか。このまま午前を同じように探索しても見付からなそうな気がするし、アレ使っちゃうかな。はっきり言ってあんまり使いたくないし、そもそも人前ではあまり使うべきモノじゃないんだけど。

そう考えながらも無詠唱《むえいしょう》で呪文《じゅもん》を詠唱する。

――その力は全てを掌握《しょうあく》する魔導。開け神聖なる世界《マギロケーション》

魔法を発動させると同時に自分の視界が広がるような感覚があり、周囲の状況が理解出来るようになった。そして目を閉じ、集中しながら右手を前に出し、僕の周囲にあるなにかに指向性を持たせるように収束させていく。すると半円形だった範囲《はんい》が手のひらから伸びる円柱状に変化し、密度が濃《こ》くなった分だけより細かい情報が『見える』ようになってきた。

右手の先にある円柱状のマギロケーションを上下左右に振《ふ》り、草木の中を探っていく。

まるで金属探知機を使っているみたいだ。

「うへぇ……」

「……」

頭上にある木の枝の裏に毛虫を見付けた。

……だからこれはあまり使いたくないんだよなぁ。普段、見えない部分が見えてしまうだけに、見たくないモノも見えてしまう。まぁ便利なんだけど。

本来チェック出来ないはずの木の上まで調べ、そして地面の草の間も調べ、また次の木を調べ……。

「……なにをしているの？」

「えっ？」

少し後ろにいたルシールがおかしなモノでも見るような目でこちらを見ていた。

あぁ、傍《はた》から見ると手のひらをそこら中に向けて歩いている変な人だよな……。うん、カモフラージュするために左手で木の枝を振っとくか……。それはそれでシュールな気もするけど……。

「……いや、なんとなく手をかざしたら分かる気がして……」

「………そう」

ルシールはそう言って別の木の方へ向かっていった。

適当に言いつくろったけど納得《なっとく》してくれただろうか？　……なんだか、なにかを失った気がしないでもないけど、気のせいだと思っておこう。

気を取り直して次の木へ向かい、円柱マギロケーションで下から調査していると――

「あ、あった！」

「マジか⁉　どこだ⁉」

「えぇー！　本当にあったんだ」

サイラスさんとシームさんが急いで駆《か》け寄ってくるのを確認してから左手に持った木の枝で「あれ」と真上を指した。

「あれ……って、どれだ？」

「う～ん？」

二人は頭の位置を右へ左へズラし、生い茂《しげ》る葉と葉の間から上を覗《のぞ》こうとしているけど、見付けられないみたいだ。

それもそのはず。僕が示している場所は目の前に生えている五メートルぐらいの大きさの木の上の方にある枝。それに引っかかっている一本の糸――黄金竜の毛。地上からでは少し見えにくい。

「ほら、あそこで金色に光ってない？」

「……ああっ！　確かに！」

サイラスさんはそう叫んだかと思うと木に飛びついた。枝を掴んで登ろうとするも、どうやら上手《うま》くいかないようだ。

「クソッ！　鎧《よろい》が邪魔《じゃま》だ！　こんなことなら鎧なんて着てこなきゃよかった！」

「なーに言ってんの、鎧は必要でしょ」

シームさんがそう言いながらサイラスさんを木から引っ剥《ぱ》がし、枝を掴んで器用に登っていく。そしてものの数秒で黄金竜の毛まで辿《たど》り着き、その毛を掴んでサッと下りてきた。

「ほい」

皆の前に差し出されたそれは黄金《こがね》色に輝《かがや》く糸。太さは一ミリ近くあって丈夫そうに見える。

「マジか！　マジか！　これは本物だろ⁉　……っくぅ！　俺もついにSランク素材を！」

「おちついて」

ルシールがテンション上がりまくりのサイラスさんをたしなめ、横に押し出しつつ黄金竜の毛を手に取った。

「見た目は金色。金色の毛を持つモンスターはこの付近には黄金竜のみ。毛根も残っている。黄金竜の毛と断定してほぼ間違いない。毛にしてはかなり太い。流石、大型モンスター。手触《てざわ》りは意外と柔《やわ》らかい。この柔らかさで本当に噂ほどの強度があるのか確かめる必要がある。耐刃性《たいじん》検証にはミスリル製の刃物とオリハルコン製の刃物が必要か。……まずはこの鉄のナイフで確かめ――」

「お前もおちつけ」

シームさんがルシールの額にチョップを入れ、黄金竜の毛を奪《うば》い取る。

いつもは一番はしゃいでるシームさんがこういう時に一番冷静なのが面白《おもしろ》い。

でも、なんか良いチームだよね。

「とりあえず本物なんだよね。じゃあ帰ろ！」

「なっ！　お前、一本あるんだからまだ他にもあるって！」

「だって二人とも、それどころじゃなくなってるじゃ～ん！　これ以上は無理でしょ」

一本あったら二本三本って……Gのモノじゃないんだし、そんな連続では見付からないよね。それにサイラスさんとルシールがソワソワしていて、これ以上、外での作業は難しそう。ここはシームさんが言うように切り上げた方がよさそうだ。

そんなこんなで森を出て町へ向かうことにした。

太陽はまだ天辺《てっぺん》より少し傾《かたむ》いてきたぐらい。昼休憩の後すぐに黄金竜の毛を見付けたからまだ一時とか二時ぐらいだろう。

空は青く、風が気持ちいい。

そういえば今日は森の中に入ったのにモンスターとは遭遇《そうぐう》しなかった。黄金竜が移動してからモンスターの数が減っているという噂は確かなのかもしれない。よく分からないけど黄金竜の移動が人間界に大きな影響《えいきょう》を与《あた》えているように、モンスター界にもなにか大きな影響を与えているのだろう。

街道に出て荷馬車や箱馬車とすれ違いながら歩いていると、先頭のサイラスさんが振り返りながら口を開いた。

「黄金竜の毛なんだがな、自分で使いたい奴《やつ》はいるか？」

皆を確認するとルシールだけが軽く手を上げていた。

「分かった。ルークは、いいのか？　遠慮《えんりょ》はしなくていいんだぞ」

「僕は……」

勿論《もちろん》、黄金竜の素材に興味はあるし持っていればいつかどこかで使うかもしれないけど、今は具体的な使い道が思い付かない。そりゃあソロの時に見付けたなら使い道が思い付かなくても魔法袋の奥《おく》にストックしておくけど、パーティで見付けた以上は全員で分ける必要があるしさ。

「僕はいいかな」

「そうか。俺はこれを公爵様《こうしやくさま》に献上《けんじよう》するか大きな店に売りたいと思ってる。毛の一本では爵位は無理だろうが、それでも黄金竜の毛だ。褒美《ほうび》はくれるだろうし悪い扱《あつか》いはされないだろう。それが無理なら大商人だな」

なるほど。相手にもよるんだろうけど価値のあるアイテムを有力者に献上することでコネを作っ

て名を上げるのもアリなんだろう。……いや、この毛の価値にもよるけど下手に小銭に換《か》えるより
お金で買えないモノを得た方が断然価値があるか。今の僕にそれが必要かどうかは別として、上に
上れる才能のある冒険者ならそっちだろう。
それに献上といっても『黄金竜の毛をあげます』『ありがとさん。ほんじゃ帰ってええぞ』では流
石に終わらないと思う。……終わらないよね？
勿論、そういう悪い貴族もいるのだろうけど、そんなことをしていては評判も落ちるだろうし、な
んらかの褒美は貰えるはず。幸いこの地を治めるシューメル公爵は武人という噂。評判も良いみた
いで、クランとも関係が深い。シューメル公爵の娘《むすめ》であるダリタさんと話した感じでも悪い印象は
ない。そう悪いことにはならないと思うけど。
「ルシールはどうしたいんだ？」
「私は研究」
ん～、やっぱりそうだよね。ルシールらしいや。
「うーん、それなら数日間、この毛を預けるからその間にルシールが研究して、その後で公爵様に
献上するってのはどうだ？　勿論、切ったり燃やしたりはナシだぞ」
「……それでいい」
うん、釘《くぎ》を刺《さ》されなければ絶対に切ったり燃やしたりしてたな、この子。さっきも耐刃性の検証
がどうとか言ってたし。
「シームとルークはどうだ？」

「僕もそれでいいと思う」

「そんなことより、お腹《なか》すいた！」

「キュ！」

「よしっ！　じゃあそれで決まりだ！」

今のところ、貴族とのコネが欲しいとは特別思わないけど、後々のことを考えたら貴族という存在を知っておきたいとは思う。そういう意味では貴族に興味があるし、会うなら比較《ひかく》的安全そうなことが分かっている相手の方がいい。

まぁ成るように成るでしょ。

「俺はダリタに繋ぎを頼《たの》む。暫《しばら》く時間がかかるだろうから、それまでの間は好きにしててくれ。公爵様の都合が付き次第《しだい》、全員で会いに行こう！」

サイラスさんはそう言ってニカッと笑った。

やっぱり名を上げるって冒険者にとっては一つの大きな目標なんだなぁ。まぁ、こういう世界である以上、富と名声は人生の最大目標になりやすいよね。

……しかし、公爵様に会うって、よく考えたらルシールと公爵様って兄妹《きょうだい》になるはずだよね。そのことって一体どこの誰まで知られている話なんだろうか？

公爵様の父、亡《な》くなられた前公爵はルシールのことをどこまで周囲に話したのだろうか？

ルシールが公爵邸《てい》に迎《むか》えられていない以上、知ってる人は少ないとは思うけど、公爵様はそれを知っているのだろうか？　知っていた場合、ルシールが会いに行ったらどう思うのだろうか？

まぁ、ルシールが特に問題だと思っていないのなら、僕からどうこう言う話ではないか。

◆　◆　◆

クランハウスに戻《もど》り、夜は打ち上げにしようと約束して皆と別れた。

黄金竜の毛はルシールが持っていった。早速《さっそく》研究するのだろう。はてさて、どんな研究をするのやら。

……研究に没頭《ぼっとう》して夜になっても出てこない可能性があるけど、まぁその時は迎えに行けばいいか。

自室に戻ってシオンと背負袋を下ろしてベッドに腰掛《こしか》ける。

今日は早めに帰ってきたから夜まで時間がある。さて、なにをしようか――と考え、腰の魔法袋に手を入れ、アレを引き抜いた。

「やっぱこれを調べないとね」

手にしたのはオリハルコンの指輪。ずっと調べたいとは思っていたけど、これ以上、文献《ぶんけん》などで調べるのは無理っぽいし、人に聞いて回るのも怖《こわ》いぐらいには価値があるモノみたいだし、自分の指にはめるのもちょっと怖くて躊躇《ちゅうちょ》していた。でも、なにか能力がありそうなこの指輪をバッグの底に眠《ねむ》らせておくのももったいない。ということで装備して調べてみることにした。

「いざ！」

オリハルコンの指輪を左手でつまみ、右手の人差し指に入れていく。

緊張《きんちょう》で心臓の鼓動《こどう》が速くなっていく。

「……」

キッチリとはまった指輪を確認して、そして抜いてみる。

指輪は特に抵抗《ていこう》もなくスポッと抜けた。

「……はぁ」

良かった……デロデロデロデーデデンで『呪《のろ》いでオリハルコンの指輪がはずれない！』なんてことになったら目も当てられない。そんなことになったら教会の神父様に法外なお布施《ふせ》を払《はら》わなくてはいけなくなってしまう。……いや、そもそもこの世界に呪いのアイテムとかあるのだろうか？

教会で神父様が解呪《かいじゅ》してくれたりするのだろうか？

まぁなんとなくだけど、これはそんなに悪いモノではないような気はしてたから大丈夫だとは思っていたけど。

軽く息を吐《は》き、指輪をもう一度はめてみる。

部屋を見回してみるがなにも変わった様子はない。以前のように人には見えないナニカが見えるかもと思っていたけど、現時点でそれはなさそうだ。

次は、と。

「光よ、我《わ》が道を照らせ《光源》」

とりあえず一番簡単な魔法を使ってみた。

様々な情報から考えて、この指輪が影響を与える可能性が高そうなのは魔法だと感じたからだ。

で、その結果は……。

「……使いやすくなったような、なってないような」

効果があるよと言われたら効果があるし、ないよと言われたらないような。要するにフラフープ効果……じゃなくてプラシーボ効果ぐらい。つまりよく分からない。

「ん～、魔法の効果が上がる的な単純なモノではないか」

そう考えながら頭上に浮《う》かぶ光球を右に左にと動かしてみる。

右にスーッと、左にクルクルッと。

「……あれっ？」

なにか、以前よりスムーズに光球を動かせている気がする。これはプラシーボとかではなく、確実に。

念の為《ため》、指輪を外して再度、試《ため》してみる。

右にズズッと、左にユラユラッと。

「やっぱり指輪がないとちょっと操作が難しくなるな」

つまりこの指輪を着けると魔法制御《せいぎょ》的な能力が上がる、とか？

でもそうなると、あの幽霊的な女性の説明が付かない。あの時は指輪を外していたし。

いや、この指輪の効果が一つだけとは限らない。複数の効果があるアイテムってＲＰＧとかだとよくあったたし、そういうこともあり得る。

そもそもあの幽霊的な女性とこの指輪が関係している、というのも僕の推測でしかないしね。

「もっと色々、試してみようか」

室内でも使える魔法を順に試していく。

「光よ、癒《い》やせ《ヒール》」

「不浄《ふじょう》なるものに、魂《たましい》の安寧《あんねい》を《浄化》」

「神聖なる光よ、彼《か》の者を癒やせ《ホーリーライト》」

色々と試してみた結果を頭の中でまとめながら腕《うで》を組む。

「ふむふむ、なるほどなるほど」

端《はし》から使ってみてなんとなく掴めてきた。

まず、ヒールの効果が上がっているっぽいこと。しかしホーリーライトはそのまま。

同じ回復魔法なのに二つの魔法に違いが出るのは、恐《おそ》らくヒールとホーリーライト——属性魔法と神聖魔法とでは効果量に影響を与える要素が違っていて、このオリハルコンの指輪は属性魔法のヒールの効果量に影響を与える要素を増加させる効果があるということだ。

例の白い場所で見たアビリティから考えると影響してるのはＭＮＤあたりだろうか。ＭＮＤは精神とか回復魔法とか魔力に関係するパラメータだったはず。

そして浄化の魔法の効果も上がってなかったけど、やっぱり魔法の制御が少しやりやすくなっていた。これは恐らくＭＮＤが魔法制御にも関係するパラメータだからなのでは？　と思ったけど、確証はない。

あと、そうなってくると神聖魔法の効果はどうもＰＩＥで上下している気がする。ＰＩＥって確か信心とか信仰《しんこう》とかそんな感じのパラメータだったし。

このあたりがどうだったとしても、現状どうしようもないんだけどね。

……いや、もしかして、筋トレしたらＳＴＲが上がるみたいな感じで訓練すればＰＩＥとかも上がるのだろうか？　でも仮にそうだとしても上がっていることを確かめる手段がない。現時点ではパラメータを確認する手段がないからだ。

それに信心を訓練するってどうやるんだ？　教会に行ってお祈《いの》りでもすればいいのだろうか？

特にこの世界の神を崇《あが》めているわけでもないし、この世界の神についてはよく知らないけど、もしかすると教会でやってる修行的なモノを僕もやっていけば神聖魔法の効果が上がるかもしれない。

あまり宗教には近づきたくないし、文献などから調べてもいいかも。

一通り思考がまとまったので残りの魔法を試していく。

「神聖なる炎《ほのお》よ、その静寂《せいじゃく》をここに《ホーリーファイア》」

手の中に白い炎が生まれた。

「神聖なる風よ、彼の者を包め《ホーリーウインド》」

輝く風が手の中から生まれ、ゆるやかに部屋の中を漂《ただよ》う。

「神聖なる大地よ、その息吹《いぶき》をここに《ホーリーアース》」

手の中に一センチぐらいの丸い石が転がった。それを指でつまんでクリクリと回転させる。

やっぱり効果は変わらないけど制御がやりやすくなっているね。

出来映《できば》えも変わらず、いつものように虹《にじ》色に輝いていて宝石のように綺麗《きれい》だ。

いや、ある意味では宝石より凄いかも。売ったら凄い値段になりそうな気もするけど怖すぎる。

ホーリーアースを覚えてから、寝《ね》る前に魔力が多めに余っていたら作ってはストックしているけど、サモンフェアリーしか使い道がないから少々持て余してるんだよなぁ。

でも神聖魔法で触媒《しょくばい》として使ったということは、他にも聖石がないと使えない神聖魔法があるはずだし、将来的には大量に必要になってくるだろうから沢山作り置きしておく意味はあるはずだ。

それにしてもこのホーリーアースも最初は魔力の半分ぐらい持っていかれたけど、今では四分の一も使わなくなっている。それだけ僕の魔力量が上がったということなんだろうけど――って、今はそんなことはどうでもいいか。

聖石も作ったし、指輪の検証がてらリゼを呼んでみよう。

「わが呼び声に答え、道を示せ《サモンフェアリー》」

空間に立体魔法陣《じん》が浮かび上がり、いつものようにリゼが現れた。

「こんにちは！」

「うん、こんにちは」

「キュ！」

最後にリゼを呼んだのはバナーニの木を見付けた時か。なんだかちょっと久し振りな気がするね。

「あのね、あのね！　おっきなドラゴンさんがいるの！」

「うんうん、それって金色の？」

「そう！　でね、そのドラゴンさんはお仕事中なんだけど、喧嘩《けんか》しちゃダメだよ！」

……お仕事中？　おいおい、黄金竜ってサラリーマンなの？　……ドラゴン界にも仕事があるのか……。いや、それ以前に喧嘩しちゃダメって、あんなモノに喧嘩売れるわけないし、そんな状況になったらワンパンKOどころか指先一つでダウンですよ。

と、シオンとじゃれ合っているリゼを見ながら思う。勿論、僕が。

「大丈夫だよ。喧嘩にはならないからさ！」

「よかった！」

「キュキュ！」

と、話していると部屋のドアがノックもなしにガチャリと開いた。

「おそーい！　なにしてんだー、打ち上げに行くよ！　……おおおおおおお!?」

「っぉ？　ぉおおおおおおあああああああああああ！」

ドアの向こうにリゼを見つめながら驚《おどろ》きの声を上げるシームさんがいた。

「あっ！　こんにちは！」

「おおおおお！　妖精《ようせい》さんが喋《しゃべ》ったあああああああああ！」

ちょ！　この人、なにノックもナシに入って来てんの!?　いやいや、妖精さんだって喋りぐらいするだろ……って今はそんな場合じゃない。これ……この状況をどうすればいいんだ？　どうしよう？　どうする？

「あっ、時間だ！　まったねー！」

「あああああ妖精さん！」

シームさんがリゼに走り寄るも、それより先にリゼはパシュンと虚空《こくう》に消えた。

……しかし、ルシールが研究に没頭して夜になっても出てこないかも、って思ってたけどまさか自分の方が研究に没頭して夜になるなんて……。その結果がこれだ。どうすんだ、これ。

頭の中が言い訳の羅列《られつ》で回転していく。

「いいいい今の！　妖精さん！」

シームさんが鼻息荒《あら》くこちらに詰《つ》め寄って来た。それをドウドウとなだめながら額を手で押し返して元の位置に戻す。

「なにを言っているんですシームさん？　ほら、ここには僕とあなたとシオンしかいないじゃないですか？」

「だって！　見たんだもん！」

「はっはー、夢でも見たんじゃないですか？　それとも熱でもあるんですか？　今日の打ち上げ、中止にします？」

「はっ！　今日の打ち上げはサイラスのおごり……」

「熱があるなら今日は行けませんか……残念だなー」

「熱なんてないし！」

「では君はなにも見なかった、いいね？」

「わたしはなにも見なかった！　……あれっ、そうだっけ？」

という感じに丸め込み、まだ首を傾《かし》げているシームさんと一緒に部屋を出た。

上手く誤魔化《ごまか》せただろうか？　しかし、ついに見られてしまった。まぁ、いつかは誰かにバレるかもとは思っていたけどさ。

宿屋もこの部屋も壁《かべ》は薄《うす》いから完全に安心とは言えない場所だろうし。それにマギロケーションのような魔法とか、あるいは熟練の武術家が気配を探るような方法とか、特殊な能力を持つアーティファクトとか、このファンタジーの世界ならあるかもしれないし。

……そういやミミさんが先日、僕が深夜にうろちょろしていることに対して釘を刺すようなことを言ったけど、あれだって僕はミミさんに見られた記憶《きおく》はないのにバレてるっぽいし、物理的な壁などを越《こ》えて遠くを探れるような、なんらかの方法がある気はする。そうなると、部屋の中で壁などに遮《さえぎ》られていても安心は出来ない。

う～ん……この世界ではどこまでのことが可能なのか、ちゃんと把握《はあく》しないとな……。

例えば現代地球人ならカメラの存在を知っている。だから誰もいない部屋でもカメラがあるなら誰かに見られる可能性を意識するけど、戦国時代の人はカメラを知らないので『誰かに見られるかもしれない』という感覚を持てないだろう。それと同じで、僕はこの世界における『カメラ』を知らないので、今まで意識をしてこなかったし、誰かに見られているのかどうかすら分からない。

この世界には『カメラ』があるのか。そして『カメラ』があるとしたらどんな存在なのか、それを調べないとね。

まぁ、インターネットどころか印刷技術すら未発達なこの世界でそれを調べるのはかなり難しいんだけどさ。

そして、僕やリゼやシオンのことがバレてもなんとか出来るだけの力は付けないとね。僕はともかく、リゼやシオンが誰かに利用されてしまう、そんな事態にならないようにしないと。

「おっ、来たか。じゃあ行こうか」

一階に下りたところで待っていたサイラスさんが僕らを見付けてそう言った。

ルシールはサイラスさんが呼びに行ったらしい。

「あれっ、行くって、食堂じゃないんですか？」

「いや、今日は俺の行きつけの店だ。ちょっと高いが旨《うま》いぞ！」

「うぉぉぉぉぉぉ！　サイラスのおごりだー」

それは楽しみ。最近は食堂での食事が続いていて、美味《おい》しいけどやっぱりちょっと飽きてきてたしね。

この世界の人ってあんなに毎日同じ食事で飽きないのかと思うけど、地球においても日本以外の国は普段の食卓《しょくたく》ではそんなにレパートリーないって話も聞くし、日本人がちょっと特殊なのかもしれない。

日が沈《しず》みかけ、赤くなってきた町を四人で進む。目的の店は意外と近く、クランハウスから徒歩数分の大通り沿いにあった。店の外からでもなんとも言えない肉の香《かお》りが漂ってきていて、既に口の中が洪水《こうずい》状態だ。

サイラスさんがニカッと良い顔で笑いながらこちらを見た後、先頭を切って店の扉《とびら》を開いた。

カランカランとドアベルが鳴り、それと同時にムワッと肉々しい焦《こ》げた香りが吹《ふ》き出してくる。

この店は、当たりだ。間違いなくそう。こんな良い香りを放つ店がハズレなわけない。

「いらっしゃいませ～」

「おぉぉぉぉおしっ、食べるぞ！」

「四人で。シーム、ちょっと叫ぶなって！」

ウェイトレスさんに案内されながら周囲を確認する。

大通りにある少しお高い店だからだろうか、パッと見た限りではそれなりに身なりが良い人が多い印象。以前この町で泊《と》まった高級宿ほどではないけど高級な感じがする。冒険者っぽい剣とか持った人もいるし賑《にぎ》やかな雰囲気《ふんいき》ではあるけど、酒をガブ飲みして大騒《おおさわ》ぎするような店ではない感じがするよね。

「ノックディアーのもも肉は残ってるか？」

「はい。本日は入荷しておりますよ」

「じゃあ四人分、焼いてくれ」

「お飲み物はどうしますか？」

「エールで。皆はどうする？」

少し考えて「同じもので」と答える。シームさんとルシールもエールにしたようだ。

確か以前の高級宿ではエールは置いてなかったはずだし、やっぱりここはあそこまでの高級店ではないらしい。

暫くして木のジョッキに入ったエールが届き、サイラスさんに全員の視線が集まった。

「黄金……あー、俺達の未来に、乾杯《かんぱい》！」

「乾杯！」

サイラスさんが言っちゃいけないことを言いそうになってた気がするけど、とりあえずエールを楽しむことにする。

泡《あわ》はなく、温度もぬるいけど、口の中に広がる風味は悪くない。ただ、港町ルダで飲んだエールが今までで一番良くて、どうしてもそこと比較してしまう。

地球のようにナントカ市場やナントカゾンでピピッと数日で、地方の名産品が自宅に届くようなサービスなんてあるはずもなく、あちらの国に戻りにくい現状、もう二度とあのエールを飲むことはない。そう考えると少しだけ気分が沈んでしまう。でも、それがこの世界に帰る家を持たず、旅を選んだ僕の選択《せんたく》の結果なんだ。

まぁ、旅に出なければあの味には出会えなかったし、出会わなければこんな気持ちにはならなかったし。これは仕方がないよね。

「あー、それと言い忘れてたんだがな」

そう前置きしたサイラスさんは指をクイックイッとして皆の顔をテーブルの中央に集め、小声で続きを話しだす。

「例のブツについてだがな。先方と会うまでは誰にも話すんじゃないぞ」

「それはいいけど、理由を聞いてもいい？」

今はあまりこういうことでは目立ちたくないと思ってるから個人的には大歓迎《だいかんげい》なんだけど、冒険者ってこういう功績はどんどん喧伝して名を上げるモノだと思っていたのだけど、違うのだろうか？

……しかし『例のブツ』って言い方、怪《あや》しいお薬の取引みたいだからやめよう！

「いや、先方に引き渡すまでは、なにかあっちゃたまらんしな。クランハウスの中なら安全だろうが、万が一もある。それにだ」

サイラスさんはそこで周囲をチラッと確認し、更《さら》に声を小さくして続きを口にする。

「グレスポ公爵がアレの素材を欲しがって、狙っているらしい」

「あ～……」

「そう」

シームさんとルシールはその言葉で理解したらしい。けど、僕にはイマイチよく分からない。

それを聞こうとした時、タイミングよく肉の入った木皿が運ばれてきた。

「ノックディアーのもも肉です」

「待ってました！　これなんだよ、これ！」

「おおー！　美味しそう！　じゃあいっただきー！」

シームさんが真っ先に肉にかぶりついた。

ゆらめくランプの光では少し見えにくいけど、人の顔ぐらいあるステーキ肉と、その横に添《そ》えられてある緑色の葉っぱ。焦げた油の匂《にお》いと、まだかすかに聞こえるジュウジュウという音。

うん、たまらない！　早く食べないと！

この世界の飲食店では珍《めずら》しく用意されていたナイフと二股《ふたまた》のフォークっぽいカトラリーを使って肉を切り分けようとしてみる。が、あまり上等なナイフではないのか、それとも肉が硬いのか、上手く刃が入っていかない。

少し苦労しながらギコギコと何度も往復させながら切った肉をフォークで口に運んだ。

「……旨いな」

食感は牛に近く、旨味が濃い。でも、少々独特な臭《くさ》みがある。それに以前、高級ホテルで食べたレッサードラゴンのステーキほどの味の良さではないかな。

やっぱりモンスターのランクが上がると何故か肉が旨くなるのは本当なんだろうね。確かノックディアーがCランクで、レッサードラゴンがBランクだったはず。

肉の脂《あぶら》をエールで流し込む。

ん～、やっぱりエールが合う。でも葡萄酒《ぶどうしゅ》の方が合いそうな気がするなぁ。

と思いながらチラッとルシールの方を見てみると、彼女《かのじょ》は切り分けた肉の上に付け合わせの葉っぱを乗せて一緒に食べていた。

「そうやって食べるんだ？」

「ノックディアーの肉は臭みがある。でも、レモの葉と一緒に食べると、問題ない」

サイラスさんとシームさんを見てみると、二人も同じように葉っぱを乗せて食べていた。

なるほど、これは付け合わせのサラダじゃないんだね……。

早速、試してみよう。

言われたようにノックディアーの肉にレモの葉を乗せて食べてみる。

「……なるほど」

口に入れた瞬間《しゅんかん》、鼻に抜ける柑橘《かんきつ》系の香り。そして肉の旨味。咀嚼《そしゃく》する度《たび》に弾《はじ》ける酸味のある風味。

確かに肉の臭みが中和されて美味しく食べられる！

そして肉を飲み込んだ後、エールで口内を洗い流す。

なるほど、確かにこのハーブの爽《さわ》やかな感じがエールとよく合ってる！　葡萄酒の方が合ってるかもと思ってたけど、これならエールだ。やっぱりこういうのは現地の人の食べ方に合わせるのが一番良いんだろうね。

フードの中から前脚《まえあし》を伸ばしてバンバン叩《たた》いてくるシオンにも肉を分けてやり、ひとしきり肉とエールを楽しんだ後、気になっていたことを聞いてみる。

「で、さっきのグレスポ公爵の話――」

「ちょ！」

サイラスさんが慌《あわ》ててこちらを制止して、小声で「声が大きい」と続けた。

「ごめん。で、グレスポ公爵が……例のブツを欲しがっていることがどう問題なのかなって」

こちらも声を落として聞く。

「あぁ……そうか。知らないのか」

サイラスさんはそう言うと、顎《あご》に手を当て暫く考えてから言葉を選ぶようにして話し始めた。

「シューメル公爵家はグレスポ公爵家と仲が悪いんだよ。いや、この国の三公爵は昔からずっと仲が悪いらしいが」

それについては以前、資料室にあった歴史書でなんとなく見た気がする。

確かこのカナディーラ共和国が成立する以前のカナディーラ王国時代、跡継《あとつ》ぎを作らないまま国王が死に、グレスポ公爵とアルメイル公爵が王位継承権《けいしょうけん》を巡《めぐ》って争いになって、そこにシューメル公爵に嫁《とつ》いだ国王の妹が争いを止めようとしてシューメル公爵と共に立ち上がったことで三つ巴《どもえ》の戦いになった。そんな感じのストーリーだった。まぁその史料が事実かどうかは知らないけど。

「この町はシューメル公爵のお膝元《ひざもと》だ。それに俺達のクランはシューメル公爵と深い繋がりがある。そんな俺達がシューメル公爵を差し置いて例のブツをグレスポ公爵に売れると思うか？」

「……無理だね」

あぁ、なんとなく理解出来てきた。超《ちょう》面倒くさい感じの権力争いの話だ。

でもまぁ確かに、ここでグレスポ公爵に売ったらシューメル公爵に睨《にら》まれかねないし、それを考えたらクランからも嫌《きら》われかねないか。

「もしグレスポ公爵に例のブツの存在がバレたら終わりだ。話を持ちかけられた時点で断れなくなるからな。断ったら俺達がグレスポ公爵から睨まれる。それをシューメル公爵に話したところでどれだけ守っていただけるか分からん」

「あー……」

確かに、そうなったら詰みだ。どっちを選んでも問題が残る。

もっと高ランクの冒険者なら貴族とも対等に渡り合えるのかもしれないけど、大多数の冒険者にとっては交渉《こうしょう》に使えるカードなんてないし、かなり厳しい。仮にカードがあったとしても、カードを切ったその後が怖いしさ。それに冒険者ギルドが守ってくれるとも思えないし、クランは……どうだろうか？　これは分からないけど、三人の反応を見る限りでは微妙《びみょう》なのかも。

「それに、聞いたんだ。商人達の噂ではグレスポ公爵領に例年以上の物資が運ばれていると、な」

物資が必要になる、ということは争い、か。まぁそれ以外も考えられるけど、怪しいことは怪しい。そして争いがあるなら、その相手は他の公爵である可能性がある。

このタイミング的にグレスポ公爵と関《かか》わるのは、いらぬ誤解を生みかねない、と。

難しいなぁ……。やっぱり、単純に強くなって、冒険者のランクを上げ、良い素材やアイテムを集めて売ればオーケー、な仕事ではない、か。

アイテムを売るにも、アイテムが良いモノであればあるほど売り方や売る相手を考える必要がある。それは以前エレムでも身にしみたことだけど、それ以上に奥が深い……闇が深い問題がある。

凄いアイテムを適当に売っぱらって『あれっ、僕なにかやっちゃいました？』で済ませるにはそれ相応の力がないとダメなんだろうなぁ……。僕がそんな力を付けられるのはもっと先の話だろうし、今はとにかくその地域の情報を集めて上手く立ち回るしかないんだろうね。

これ、旅をしながらその地域ごとにそういう情報を集めていくのって本当に大変そう。今はクランにいて、そこからこうやって情報を教えてもらえたけど、そうでなければこういう情報を自力で集めるしかないわけで、それは凄く大変なことだと思う。

だって知らない町で初対面の冒険者とかから聞き出すわけで。相手も深い話は初対面の相手にはしたくないだろうし、かなり上手くやらないと無理でしょ。

こういうのはたぬポンとかは得意なんだろうけどなぁ……。彼なら初対面でもあの謎に高いコミュニケーションスキルで聞き出してきそうだけど。僕にはちょっと難しいかもしれない。

そんな感じで話もお酒も進みつつ、時間も過ぎていった。

「だから～、見たんだって！」

「はいはい、そうかそうか」

「本当なんだってば！　妖精さん！」

気が付いたら面倒な話になっていた。

やっぱり上手く誤魔化しきれなかったか。

「ねぇ、ルークも見たっしょ？」

「いや、なんのことだかサッパリパリパリです」

「怪しすぎるわ！」

「妖精、それは伝承に登場する生物。一部の地域では過去に出現報告があるが、真偽《しんぎ》は定《さだ》かではない。勇者の伝説によると――」

「ヤバい！　こいつ酔《よ》っ払《ぱら》うと無限に難しいことを喋り続けるんだった！」

そんなこんなで打ち上げの夜は過ぎていった。

閑章　彼女達と聖なる獣

INTERMISSION

「ついに、この時がきましたね」

聖女ルシアーナがそう言いながらこちらを振《ふ》り返った。

彼女《かのじょ》の背後の崖《がけ》の先には雄大《ゆうだい》な山々がそびえ立っている。そして、その中でひときわ高い山の頂上に見える城。

魔王《まおう》城。

これからその城に突入《とつにゅう》しようというのだ。

「でもさ、どうやってあの城まで行こうっての？　まさか登山？」

そう言ってたぬポンが肩《かた》をすくめた。

この場所から見る限り、どの山も険しそうで、どう考えても人の足で登れそうな感じがしない。

普通《ふつう》に考えるなら、辿《たど》り着くのは不可能に思える。

「大丈夫《だいじょうぶ》です。伝承が正しければ、あの場所に行く手段はあります！」

「ならいいんだけどね」

本当に大丈夫なのかな？　とカノンは思う。

ちょっと考えてみても、あんな場所に行く方法が思い付かない。

「この先に、神話の時代よりこの地を守り続けている一族の村があります。彼《かれ》らの助けを借りましょう！」

「助けを借りるって、それでどうすんのさ？」

「勇者の伝説によれば、この村の人々の力を借りて呼び出された聖なる獣《けもの》に乗って伝説の勇者様は魔王城に乗り込《こ》んだそうです！　我々もそれに倣《なら》い、聖なる獣の力を借りるのです！」

ルシアーナはそう言って、護衛を引き連れズンズン先に進んでいった。

「ね、ねぇ、本当に大丈夫なのかな？　その……魔王とか、ちょっと、その……」

鈴木《すずき》が不安そうにそう言った。

あの魔王城に行けるかどうかより、魔王城に行った後のことを心配しているようだ。

私も同意見だけど、言わないようにしてたんだけどなぁ。とカノンは思う。

「大丈夫だ。私が必ず倒《たお》してみせる！」

マサがそう言って、左手で聖剣《せいけん》を撫《な》でる。

そうして彼女達《たち》はそれぞれ不安を抱《かか》えながら村を目指した。

「これはまた、えれぇ遠くからおいでなすったなぁ」

神話の時代よりこの地を守り続けているという一族、ポプル族の村に着き、その長老に会ってみると、そう言われたのだ。

「長老、伝説によればその昔、この地より勇者様が魔王城へ向かったとか。我々もその伝説と同じように魔王城に向かいたいのです！」

ルシアーナがそうまくし立てると、長老は腕《うで》を組み白い髭《ひげ》を触《さわ》る。

「なるほどのぅ。聖女様がそがと言うんばったらクアンルンガ様、召喚《しょうかん》する儀式《ぎしき》ば始めんとのう」

「……クア？　よく分からないですが、よろしくお願いしますね！」

そんなこんなで儀式の準備が始められた。

◆　◆　◆

翌日、村の奥《おく》にある広場を囲むように火が焚《た》かれ、その中央にある祭壇《さいだん》には金色の盃《さかずき》や焼かれた肉や果物が並び、なんだかそれっぽい雰囲気《ふんいき》が漂《ただよ》い始めていた。

「そんなら儀式ば始めるばい！」

昨日見た服とは違《ちが》う、カッチリとした神官のような服を着た長老が金色の杖《つえ》をつき現れ、そう言った。

その後ろからは踊《おど》り子のような際《きわ》どい服を着た村の娘《むすめ》が六人現れ、祭壇の横で両膝《りようひざ》をつき祈《いの》り始める。

「準備ば、ええかいの？」

長老はルシアーナにそう聞いた。

「ええ、始めてください！」

「勿論《もちろん》だ、いつでも魔王城に行ける！」

ルシアーナとマサがそう言うと、長老は大きく頷《うなず》き、祭壇の前にある石の舞台《ぶたい》に進み出た。

「ウジョアルーバーディハトプーロス――」

長老が謎《なぞ》の呪文《じゆもん》を唱えだす。

知らない言葉で、なにを言っているのか分からない。

どこの言葉なんだろうか？　とカノンは思った。

その謎の呪文は数分間も続き、長老の額に汗《あせ》が浮《う》かんだその時、長老が杖を捨て、おもむろに服を脱《ぬ》ぎ始めた。

何故《なぜ》、脱ぐのだろう？　とカノンは思った。

しかし空気が読める女、カノンはなにも言わなかった。

長老は更《さら》に呪文を唱え続ける。どんどん脱ぎながら呪文を唱え続け、やがて褌《ふんどし》一丁になった。

「ウィラーヒモビッチコスティッチヨンセン――」

そして両足を大きく開き、腰《こし》を落とし、爪先《つまさき》立ちになり、手首をクイッと曲げ、ヒラヒラと踊り始める。

「バーババティヒラヒラウンバッバ――」

右にヒラヒラ、左にヒラヒラ。長老の褌がヒラヒラと華麗《かれい》に舞《ま》う。

踊り子っぽい衣装《いしょう》を着た村娘は両膝をついて祈ったままだ。

カノンは思った。お前が踊るんかい！　と。

しかし空気が読める女、カノンはなにも言わなかった。

長老はそのまま数分間、踊り続け、そして天高く両手を掲《かか》げ、叫《さけ》ぶ。

「カターニトスカーニフルフルフラム！」

それと同時に村娘達も天に手を伸《の》ばす。

その瞬間《しゅんかん》、長老の足元の石の舞台が光りだし、謎の魔法陣《じん》が浮かび上がる。

「こ、これは！」

「凄《すご》い！」

「これが伝説の聖女様が見た光景なのですね！」

その光景に皆《みな》が声を上げる中、魔法陣の輝《かがや》きがどんどん増していき、それが天に上る一筋の光となった。

「いでよ！　聖なる獣、クアンルンガ！」

長老がそう叫ぶと光が一気に膨《ふく》れ上がっていき、やがて消えていった。

「……」

「……」

「……」

凄い光景に全員、言葉を失う。

長老が脱ぎ始めた時、ほんの少し長老を疑ったカノンは自分をちょっぴり恥《は》じた。

いや、ほんの少しではなく全力で疑ってたのだけど。

静寂《せいじゃく》が辺りを包む。風で葉と葉が触《ふ》れ合う音だけが響《ひび》く。

カノンは心臓の音がドクンドクンと大きくなっていくのを感じた。

静寂が続き。そして静寂が続く。

そして次の瞬間――

「ふはぁ……疲《つか》れたでな。飯にするがや」

「やっとご飯かいね」

「祈るの疲れた」

「膝《ひざ》、痛いの……」

長老と村娘が立ち上がって祭壇の供物《くもつ》をモシャモシャと食べ始めた。

「……」

「……」

「あの……聖なる獣は……？」

準備万端《ばんたん》で待っていたルシアーナが恐《おそ》る恐る聞く。

「ん？　ちゃんと呼んだで、すぐ来よるがね」

「すぐ来るって……どこにも見えないけど、いつ来るんだよ？」

たぬポンがそう聞いた。

「七日後ぐらいじゃがね」

「七日後かい！」

空気を読める女、カノンは我慢《がまん》が出来なかった。

第二章

様々な考察

CHAPTER 2

「ふぁ……」

ベッドから身を起こし、そのままベッドに腰掛《こしか》けた。

飲み会の次の日、起きて気が付いたらベッドの隣《となり》に知らない人が！　からの～恋愛《れんあい》に発展してどうこう的な恋愛漫画《まんが》のようなベタな展開はないらしい。相変わらず隣で寝《ね》ているのはシオンだ。それはそれでかわいいからいいのだけど。

しかし、昨日はよく飲み、よく食べた。こんなに飲んだのは久し振《ぶ》りな気がする。やっぱり仕事が成功した後の打ち上げは楽しいから仕方ないよね。

でもちょっと頭が痛いかも……。

少し考えてから魔力《まりょく》を練った。

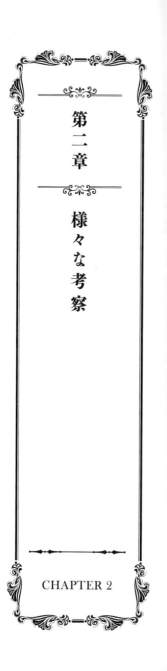

「……神聖なる風よ、彼《か》の者を包め《ホーリーウインド》」

キラキラと輝《かがや》く優《やさ》しい風が僕《ぼく》の周囲を包み込《こ》む。

と同時に頭の痛みや気持ち悪さが消えていく。

「これも治せるのか……」

なんとなくいけそうな感じがしたので使ってみたけど治せてしまった。

しかしこんなことに神聖な魔法を使ってしまっていいのだろうか？　……まぁお風呂《ふろ》代わりに神聖魔法を使っている人間が考えることじゃないか。

と思いつつ今日も『お風呂魔法』で身支度《みじたく》を整えて部屋を出る。

「おはようさん」

「あっ、おはようございます」

廊下《ろうか》で出会った人と朝の挨拶《あいさつ》。

だいぶこのクランでも顔馴染《かおなじ》みが増えてきた、かもしれない。

町の宿屋に泊《と》まっている時は人の入れ替《か》わりが多くてあまりこういう感じではなかったけど、やっぱりクランだと距離《きょり》は近くなる。この世界に来て最初にお世話になった南の村は人も少なくて顔馴染みになりやすかったけど、あれは田舎《いなか》ならではの例外だろうね。

クランハウスを出て鍛冶屋《かじや》に向かって歩く。

街路樹の葉がカサリとも揺《ゆ》れない無風の中、陽《ひ》の光がギラッと降り注ぐ。

今日は雲がない晴天でちょっと暑い。でも日本の夏とかのレベルとは程遠《ほどとお》く、十分に許容範囲《はんい》。

これが日本のような気候だったらリアルに絶望してたかもしれない。エアコンもないこの世界であれば耐《た》えられないよね。

と、考えている間にいつもの鍛冶屋に着いた。

カランと扉《とびら》を開けて中に入るといつものようにドワーフの親方がカウンターで頬杖《ほおづえ》をつきながら鍛冶場の方を眺《なが》めていた。

「すみません」

「ん？　おう、お前か。やっぱり闇《やみ》水晶《すいしょう》の武器は使えなかったか？」

「いえ、それは問題ないのですけど。指輪の鑑定《かんてい》をしてもらえませんか？」

「そりゃあ他あたってくれ。この店には鑑定持ちがいねぇんだ」

鑑定持ちがいない、か。

どうしようか。本職の人にオリハルコンの指輪を見てもらえば、ランクフルトでギルダンさんに麻痺《まひ》ナイフを見てもらった時のように効果が分かるかもしれないと思ったのだけど。

でも、この親方って以前、闇水晶の刃《は》を見た時に色々と言い当ててたよね？

「親方は鑑定が出来るのでは？　以前、闇水晶の刃を鑑定しましたよね？」

「あれは知識と経験で分かっただけだ。俺《おれ》は鑑定持ちじゃねぇよ」

「……鑑定持ちって少ないんですか？」

「そりゃそうだ。鍛冶の才能があっても鑑定出来るようになるとは限らねぇからな。俺の認識《にんしき》だと鍛冶師の一〇〇人に一人もいねぇよ」

ん～、なるほどね。ということは、ギルダンさんってかなり凄《すご》い人だったのでは？

「鑑定が出来ても鍛冶師としちゃそこまで特別有利じゃねぇ。重要なのはどれだけ良い剣《けん》が打てるかだ。鑑定を使える腕《うで》のいい鍛冶師は総じて鑑定もうめぇが、逆はねぇ。腕がイマイチな鍛冶師は鑑定もイマイチだぜ」

となると、やっぱり鍛冶とか木工などの生産系アビリティ能力と鑑定の能力は別物、ということでほぼ確定かな。恐《おそ》らく鍛冶などの生産系アビリティと、確定はしてないけど天龍眼《てんりゅうがん》とか審美眼《しんびがん》みたいな眼系のアビリティ、その両方をたまたま持って生まれた人が鍛冶を習得していくと鍛冶で作った物の鑑定が使えるようになる、と。恐らくそれは鍛冶以外でも同じなんだろう。

そう考えると鑑定を使える人が少ないのも分かる。

「腕がイマイチな鍛冶師は鑑定もイマイチ、というのは、鍛冶の腕がイマイチな人が鑑定してもあまりよく分からない、ということですか？」

「あぁ、そうらしいぜ。スゲェ鍛冶師が材質から能力、切れ味、色々と分かるところをヘボな鍛冶師じゃゴブリンの涙《なみだ》程度しか分からねぇ。まぁスゲェ鍛冶師でもアーティファクトのようなスゲェ業物《わざもの》はなにも分からねぇらしいがよ」

つまり凄いアイテムを鑑定するにはそれ相応の鍛冶師としての腕が必要、という感じなんだろうか。僕の鑑定でも、気が付いたら分かる内容が増えていたしね。

しかし……アーティファクトの鑑定ってどうしてるんだろうか？　凄腕の鑑定持ち鍛冶師でも鑑定出来ないらしいけど、文献《ぶんけん》を見る限りアーティファクトを上手《うま》く運用している国家もあるっぽいし。もしかすると別の鑑定方法もあるのかもしれない。

「えっと、じゃあどこか鑑定してもらえそうな人、紹介《しょうかい》してもらえたりします？」

「ふむ、指輪……となると北ブロックのデニスか……ウルケ婆《ばあ》さんもアリか」

「あれ？　ウルケ婆さんは錬金術師《れんきんじゅつし》なのでは？」

「冒険者《ぼうけんしゃ》が鑑定したがるような指輪だ、なにか効果がありそうなんだろ？　そういう物なら鑑定持ちの錬金術師が鑑定出来ることもある。魔法武具なら鑑定持ちでなくても分かる錬金術師はいるらしいしよ。属性武具の指輪は……ないか」

「というと？」

「魔結晶の大きさを考えてみろ」

あ、確かに、魔結晶は小さくても三センチぐらいの大きさがあるか。それを指輪に融合《ゆうごう》させるとなると大きくなりすぎるし、その一番小さいDランクの魔結晶では大した効果にはならないだろう。出来るか出来ないかでいうと出来そうだけど、あまり作られない気がする。

そして指輪の鑑定を錬金術師も出来る場合がある、と。

僕のこれまでの『鑑定』に関する考察が正しいのだとすると、特殊《とくしゅ》な能力を持つ武具を作るには鍛冶だけでなく錬金術も必要ということなんだろうね。

「それとな、別に紹介してやるのはいいんだがよ」

そう言いながらドワーフの親方は後頭をかきながら大きく息を吐《は》いた。

「鑑定を依頼《いらい》するならよ、相手が信用出来るかは自分でもしっかり見極《みきわ》めてからにしろ。鑑定結果は鑑定した本人にしか分からねぇんだ。そいつが嘘《うそ》をついて買い叩《たた》く可能性もある。それにだ、誰《だれ》かに鑑定を依頼するってことはよ、それの能力が他人にバレるってことだ。若い冒険者が分不相応に良すぎる装備を持っていると広まれば色々と面倒《めんどう》になるからよ」

「そう、ですね……気を付けます」

ん～、それは確かに。でも自分で調べた感じでは完全には分からなかったし。某《ぼう》ゲームのように鑑定する方法がなくなって、とりあえず使って、装備して、飲み込んでみて、どんな効果があるか調べる男識別を続けていたら、あのゲームのようにいつかは呪《のろ》いの装備にぶち当たったりレベルが下がったり痛い目に遭《あ》う気がするんだよね。だから結局は専門家に見てもらうしかないのだけど、その相手を選ぶのも旅の冒険者には難しいし……。

自分で鑑定をマスター出来ればいいのだけど、鑑定のシステム的に僕が鍛冶等の鑑定をマスター出来るようになる可能性は低いしさ。

でも、忠告はありがたく受け取っておこう。こういう忠告は若い内にしかされない。大人になってからはそれこそ本当に痛い目に遭って学ぶしかなくなるし、この世界でそれは死の時かもしれないのだから。

それにオリハルコンの指輪は仮になにも効果がなくても価値のあるアイテムのはず。それは想像以上に目立つのかもしれない。しかもこれは最低でもMNDアップの効果があると確認《かくにん》されている。それがどれぐらいの価値になるのか分からないけど、傍《はた》から見ると僕に相応《ふさわ》しいアイテムとは思われないだろう。

うーん、念の為《ため》、ドワーフの親方にもオリハルコンの指輪を見せずに話をしていたのは正解だったか。この指輪は当面、真の能力が分からなくても出来るだけ誰にも見せないようにしておこうか。

「で、どうする？」

「今回は止《や》めておこうと思います」

僕がそう言うと、ドワーフの親方は「そうかい」と言いながら白い歯を見せたのだった。


鍛冶屋を出て町をブラブラ歩く。

これまで道端《みちばた》の露店《ろてん》や本屋で神聖魔法の魔法書を見付ける偶然《ぐうぜん》が何度か重なったことで、時間があれば可能な限り町を見て回ってお宝を探すことにしている。

とはいってもほとんどの町で、その全《すべ》てを見て回ることは出来ていない。

大きな町には必ず危険なエリアがあるらしく、そういう場所には近づかないようにしているので、どうしても見られない場所は出てくる。ランクフルトにいた時は低ランクだったので比較《ひかく》的そういう危険なエリアに近くて安い宿屋にずっと泊まっていたけど、あれはダン達《たち》に紹介してもらった宿屋だったし、彼《かれ》らもあの近くに店を持つ商人の子供で顔馴染みも多くて土地勘《かん》もあったから問題なかっただけで、僕が一人であの辺りに入って安くて良い宿を探すのは難しかったかもしれない。

歩きながら見付けた露店を冷やかし、また次の店を探す。

相変わらず用途《ようと》が分からない謎《なぞ》のアイテムを売っていたりする露店が多い。

以前、黄金竜《りゅう》が出た日に見付けた露店は見付からなかった。剣とか謎のスクロールとか売ってて面白《おもしろ》い店で気になってたのだけど、行商人っぽかったし既《すで》に別の町に移動してしまったのかもしれない。

やっぱり露店って一期一会《いちごいちえ》というか。特定の店を持たない行商人だろうから仕方がないのだろうけど、タイミングを逃《のが》すともう二度と見付けられないんだよね。だからこそ詐欺《さぎ》まがいの偽物《にせもの》を売っても逃《に》げればオッケーだよっ！　みたいな感じになってる気もする。でも、そんな中だからこそ、神聖魔法の魔法書のようなアイテムを見付けられたわけで、僕としては文句も言いにくいところだ。

そんな感じで昼過ぎまで町を探索《たんさく》し、シオンと串焼《くしや》き肉で空腹を満たしてからクランハウスに戻《もど》った。

今日は特になにも見付けられなかったけど、凄い発見なんてそうそうあるもんじゃないからね。

「さて、と」

自室のベッドに座《すわ》り、今日の出来事を振り返りながらオリハルコンの指輪を魔法袋《ぶくろ》から取り出した。

こいつを調べようと思っていたけど他人を頼《たよ》るのは基本的にナシの方向になった。つまり自力でどうにかするしかない。しかし――

「自力でこれ以上、どう調べればいいんだ？」

思いついたことは大体調べた気がするし……う～ん。

ミミさんに相談してみるってのもナシなんだよね。ミミさんは僕がこの指輪を持っていることは知っているけど、この指輪に特殊能力があることは知らないはずだし。……まぁ、ミミさんなら謎の力でなにか気付いてそうで怖《こわ》いけど。

ミミさんのあの能力に関しても、可能なら調べておきたいのだけど……まぁそれは後にして。あとは知識的な方面から調べるしかないだろうか？　過去に存在したアーティファクトや魔法武具とか属性武具から似た効果のアイテムを探すとか。

「アーティファクト、か……」

考えていると、頭にその言葉が残った。

もしかして、これってアーティファクトだったりする？

……いや、そもそも僕はアーティファクトの定義を知らない。というか、ギルダンさんもよく分かってなくて『人の手で作れないからアーティファクト』的なふわふわ認識だったはずだし、少なくとも一般的《いっぱん》にはかなり曖昧《あいまい》な定義で通っているはず。

う～ん、それ以前にまず魔法武具や属性武具についても詳細《しょうさい》は分かってない、か……。

もう一度、整理してみよう。

魔法袋の中からメモを取り出し、確認しながら思い出す。

属性武具については以前、ウルケ婆さんのところで作られるのを見たし、大体は分かっている。

属性武具は魔結晶を錬金術で融合し、魔結晶の属性を付けた武具。属性を付けた分だけ威力《いりょく》が上がり、付けた属性の魔法を強化出来る魔法発動体になる。しかしそれ以外の属性は扱《あつか》いにくくなってしまう。

つまりこの指輪には魔結晶は付いていないので属性武具ではない。それは確定でいいはず。

次に魔法武具に関してだけど、これは魔道具を仕込んだ武具らしい。しかしまず魔道具についてがよく分からないのだ。

何度かその存在を見たことはあるけど、使っている人達もその仕組みを詳《くわ》しくは理解していなかった。まぁ地球の人々だって一〇〇円ライターの仕組みすら理解せずに『そういうモノだ』と思って使っているのだから、そんなモノだと思うけど。

自分で買って分解して確かめてみたいと考えたこともあるけど、値段が金貨単位で諦《あきら》めたし。そういうモノを分解しても安全なのかすらよく分からないから難しい。なので結局よく分からないまま来てしまったけど、どこかでどうにか調べておきたいんだよね。まぁその調べるのが難しいのだけど。

今のところ、魔道具の仕組みとか作り方とかをまとめた本は見ていない。そりゃこんな著作権もなさそうな世界だと技術は門外不出である可能性が高い。普通《ふつう》に考えても詳細なんて教えてくれるはずがないんだよなぁ。

メモをパラパラとめくって情報を探す。

「あっ！」

そういえば、魔道具って基本的に魔石を動力源にするけど魔力を流すことで動力源に出来るモノもあるんだっけ。そう考えると案外、魔道具と魔法武具って機械的というか科学的な感じがするかも。

そして見た感じ、このオリハルコンの指輪には魔石をはめるような場所は存在していない。つまりこれが魔道具——もとい魔法武具なら魔力を流すことで発動するのでは？

「やってみよ……いや、待てよ」

それでとんでもない効果が出たらどうするんだ？

使用するとＭＰが回復するけど稀《まれ》に壊《こわ》れる、ぐらいの祈《いの》りたくなる効果ならいいけど、魔力を流すと爆発《ばくはつ》魔法が発動するとかだと色々と終了《しゅうりょう》だぞ。

「ここでは止めとこう……」

危ない危ない……気付いて良かった。

でも、この指輪を着けて魔法使ったこともあるし、魔力は流れてる気がしないでもないけど……まぁ分からないな。

とりあえずこの実験は次回、外に出た時にでもするとして。

「他になにか、ないものか……」

思い付かないので背負《せお》い袋の中に手を突《つ》っ込み、ヒントになりそうな物を探《さぐ》る。

いつも使ってるタオル、メモ用の紙、鉛筆《えんぴつ》、非常食、鍋《なべ》、着替え、水筒《すいとう》、フサッとした毛皮の……シオン？

「こらっ！　背負袋の中に入っちゃダメでしょ」

「キュ？」

やけに静かだと思ったら背負袋の中に入って遊んだ後、疲《つか》れて寝てたみたいだ。最近はこういうヤンチャな一面《いちめん》も見えるようになってきたけど、本当に困るようなイタズラはしないので、まぁこれぐらいは仕方ないかと思っている。そういう年頃《としごろ》だしね。

シオンを取り出して横に置き、次に腰の魔法袋から中身を取り出していく。

記号が彫《ほ》られた丸い石、破れたスクロール。

この辺りはランクフルトで浄化《じょうか》の魔法書と麻痺のナイフと共に金貨一枚で買ったアイテムだ。

他にはボロボロの革《かわ》の盾《たて》と陶器《とうき》っぽい瓶《びん》があったけど、そちらは既に捨ててある。革の盾はどうやら普通にボロい盾でしかなく、陶器っぽい瓶は中にただの水が入っていた。

しかしそれでも浄化の魔法書と麻痺のナイフと二つも当たったのだからハズレアイテムも捨てたもんじゃない。むしろアタリアイテムまであるよね。

丸い石と破れたスクロールは用途がまったく分からないけど一応まだ持っている。紙で作られた巻物にも、文字《もじ》の彫られた綺麗《きれい》な球体の石も、なにかあってもおかしくないと感じたからだ。

スクロールの紐《ひも》を解《ほど》いて開いていく。

クルクルとトイレットペーパーのように巻かれた紙には不思議な文字が書かれてあって、なにかがありそうな気がする。けど、その後半部分が破れてなくなっている。もし意味があるスクロールだったとしても、これでは使えないだろう。

「でも似てる気がするんだよね」

魔法袋の中から強化スクロールを取り出す。

なんとなく、この強化スクロールや、前に露店で見たスペルスクロールとやらとも似ている感じがする。

まぁ、人を騙《だま》すために偽造《ぎぞう》するなら似せて作るはずだし、似ていることにそこまで大きな意味はないかもしれない。けど、少し期待してしまう。

「う～ん……」

色々と思い返しながら、なんとなくスクロール類や丸い石などを指輪に押《お》し当ててみる。しかしなにも起こらない。

魔法っぽいアイテムにくっつけると特別な現象が起こって――みたいなことをちょっと期待したけどダメらしい。

しかし他になにも思い付かない。

「……」

また魔法袋をゴソゴソと漁《あさ》る。

聖石。

既にストックが三〇個を超《こ》えた。最近はそこまで積極的に増やしていこうとはしていないけど、いつかはこれを大量に消費するような魔法とかが出てくるのだろうか？

そう考えながら聖石をオリハルコンの指輪に押し当てたりするけど、なにも起こらない。

「ダメか。次」

光の魔結晶と闇の魔結晶。

オリハルコンの指輪はなんの反応も示さない。

干しファンガス。

干しファンガスを取り出してオリハルコンの指輪に押し当ててみる。

「……」

少しキノコ臭《くさ》くなった。

「……次だ」

塩。

港町ルダで買った塩。その袋の中にオリハルコンの指輪をぶち込む。

「……」

オリハルコンの指輪の塩漬《しおづ》けが出来た。

……なんだろう。思考がダメな方に向かっている気がする。

そもそも僕は、なにがしたくてこんな作業をやっていたのだろうか？　そこから分からなくなってきた。

どんどん自分がなにをやっているのか分からなくなってくるこの感じ。実に良くない。

「はぁ……」

一旦《いったん》、思考をリセットし、オリハルコンの指輪を指にはめる。

アテがない状態で合っているか間違《まちが》ってるか分からない作業を延々と進めるのは精神的に来るモノがある。まさに霧《きり》の中を進むようなモノだ。

そう思いつつ魔法袋の中に手をつっ込み、適当に残りのアイテムを引っ張り出すと――

「えっ……」

手とソレが繋《つな》がるような感覚。

ゆっくりと魔法袋からソレを引き出していくと。

「水滴《すいてき》、の魔法書？」

これは洞窟《どうくつ》の中にあった神殿《しんでん》っぽい建物に放置されていたモノをパク……もといゲットした生活魔法の魔法書だ。……伝説の勇者も昼間っから民家に押し入ってアイテムかっぱらってるんだから大丈夫《だいじょうぶ》だよね？　それにあそこは一〇年単位で放置されてたっぽいし既に所有者は権利を放棄《ほうき》してるはずだ。うん、そうに違いない。

……いや、そうではなくて。

「何故《なぜ》、水滴の魔法書が反応するんだ？」

これまで使えなかった水滴の魔法書が使える状態、つまり魔法を覚えられる状態になっていた。

生活魔法は一番簡単な魔法とされていて、適性がなくても訓練を続けていれば大体いつかは使えるようになる。そう聞いた。その訓練とやらの方法は分からないけど、魔法の練習をするとか女神《めがみ》の祝福の回数だろうと予想している。

僕は六属性魔法に関しては光魔法の適性しか持っておらず、光源の魔法は最初から使えたけど他の生活魔法はまだ使えていなかった。だから洞窟の神殿で他の生活魔法の魔法書をゲットした後は定期的に魔法書に触《さわ》って習得可能か調べていたのだけど……これまでまったく反応しなかったのに今はしっかり反応している。

確か、最後にチェックしたのは数日前だったと思うけど、この数日の間になにかがあって生活魔法を覚える条件を満たしたのだろうか？　それとも――

「いや、そんなまさか……」

オリハルコンの指輪を外し、もう一度、水滴の魔法書に手を伸《の》ばす。

少し緊張《きんちょう》しつつ、ゆっくりと触《ふ》れてみると――反応がない。

「うわぁ……」

もう一度、オリハルコンの指輪をはめて魔法書に触れてみると、今度は反応する。

つまり、オリハルコンの指輪を装着すると水滴の魔法を覚えられるようになっている。

これは……ちょっと……どう言ったらいいのか分からない。

「他の魔法はどうだろう」

気になったので魔法袋から他の魔法書を取り出して確かめていった。

微風《びふう》の魔法書、使える。操土《そうど》の魔法書、使える。重量軽減の魔法書、使える。火種の魔法書、使える。ディスポイズンの魔法書、使えない。ストレンジスの魔法書、使えない。アーススキンの魔法書、使えない。ラージヒールの魔法書、使えない。

なるほど。検証してみた感じ、生活魔法に関しては全て使えるようになっているものの、その他の魔法書は反応しない。どうやら全ての魔法が無条件で覚えられるようになる的な超《ちょう》強力なアイテムではないらしい。

なんだかホッとしたような残念なような微妙《びみょう》な気分になる。

超強力アイテムは嬉《うれ》しいけど胃が痛くなりそうで微妙なんだよね。今の僕には、そんな貴重なモノを守りきれる力はないのだから。

「まぁ、超強力な能力でなくて良かった良かった……いや、良くはないけど」

もう一度、メモを見返しながら考える。

アーティファクトの定義は一般的には決まっていない。ただ、人間に作れないアイテムをアーティファクトと呼んでいる。

人間には作れないアイテム……。このオリハルコンの指輪……人間に作れるのだろうか？

ステータスを上げ、覚えられない魔法を覚えられるようにして、見えないモノが見える？　かもしれない指輪。

魔法武具については詳しく分かってないし、正確には分からないけど。

そういうアイテムが店で売られているのを見た記憶《きおく》がない。いや、庶民《しょみん》の店しか行ってないから、高級店に行けばあるのかもしれないか。

「……無理じゃない？」

これまで魔法武具について聞いた話だと、例えば火が出る剣とか防御《ぼうぎょ》魔法が発動する盾とか、以前持っていた麻痺のナイフのように毒効果が出たりとか、比較的イメージしやすい能力のアイテムが多かった。そういうのだと、作り方は分からなくても『魔法と同じようになんらかの方法で魔力を火とか毒に変換《へんかん》してるのだろうな』と想像出来た。しかし『魔法を早く覚えられるようになる』という効果がどういった仕組みで成り立つのか、想像出来ない。

「いや、そもそも……」

魔法を早く覚えられる効果が出た時って指輪に魔力込めてないよね？　ステータスが上がってるっぽいのもそうだけど、これは明らかに自動で発動している。でも、魔道具や魔法武具って使用者か魔石の魔力を使って発動する仕組みだった気がする。

……もしかすると使用者が使わなくても勝手に使用者の魔力を使って発動する、呪いのアイテムのような仕組みも存在している可能性はあるのか。

う～ん、この辺りは深く調べてみないと分からないな。

「あっ！」

待てよ。僕はこのオリハルコンの指輪に『魔法が早く覚えられるようになる効果』があると考えていたけど、ＭＮＤの数値によって覚えられる魔法に制限がある可能性もあるのか。

このオリハルコンの指輪でＭＮＤが上がっているのはほぼ確定的で、ＭＮＤが上がったことによって覚えられる魔法が増えた。そうとも考えられる。

「やっぱり分からないな」

個人的には『レベルが上がったから覚えられる魔法が増えた』というシステムが分かりやすくていいのだけど、それならどれぐらいで魔法が覚えられるのか、目安みたいなモノがもっと一般に知られていてもおかしくない。けど『どれだけ女神の祝福があれば○○の魔法が覚えられる』みたいな話は聞いたことがない。つまりそれは傾向《けいこう》が見えにくい、ということ。

「もしかすると女神の祝福の回数とＭＮＤなどを含《ふく》めたパラメータの数値で決まる可能性もあるか」

○○の魔法を覚えるには、女神の祝福一〇回とINTが二〇必要、みたいな感じで。
でもそれだと魔法の適性とはなんだ、という問題が出てくるので難しい。

「……これ以上は考えても分からない、か」

ベッドに倒《たお》れ込んでフッと息を吐く。

今は情報が少なすぎる。

この世界はとにかく情報を得るのが困難で困るんだよね。まぁほとんどの人にとって、こういう情報はどうでもいい情報だから広まらないってのもあるのだろう。

僕だって日本では電信柱の上のグレーのバケツになにが詰《つ》まっているのか気にもしなかったし、それでも毎日毎日、電気を使っていた。もしかするとあの中では小さなオッサンが発電機を回しているのかもしれないし、ハツカネズミがハムスターホイールでカラカラと走りながら発電している可能性もあったのに、そんなことを確かめようとは思わなかった。

僕はこうやってまったく別のシステムで作られた世界に来たから、赤ん坊《ぼう》が手に取った物をとりあえず口に入れるように、目の前にあるモノにかじりついているだけで、この世界の一般人にとってはどうでもいいことなんだろうさ。

「さてっ！」

ベッドから勢いよく体を起こす。

とりあえず指輪の考察はここまでにして、今は他にやることがある！

ベッドに散らばった魔法書の中から適当に一つ選ぶ。

「水滴の魔法書、か」

水滴の魔法は以前、メルが使っていて何度か見た記憶がある。

なんとなく懐《なつ》かしい記憶を引っ張り出しながら、ページを一つ一つめくっていく。

パラパラと読み進め、最後のページまで読んだ瞬間《しゅんかん》、魔法書が炎《ほのお》に包まれて消えた。

「よしっ！　一気に全部、覚えちゃおう！」

◆　◆　◆

手の中の魔法書が燃え落ち、塵《ちり》も残さず消えた。

これで全ての生活魔法を覚え終わった。では早速《さっそく》、使ってみよう！

まずは……そうだな、水滴からにしようか。

「水よ、この手の中へ《水滴》」

お腹《なか》の奥《おく》から魔力が流れ出し、右手に集まって水の玉となる。

直径は五センチぐらいだろうか。以前、メルが使っていた時より小さい気がする。

「これはＩＮＴの差か、アビリティの有無《うむ》の差かな？　それとも他の要因があるのか」

しかしこの水はどこから来たのだろうか？

空気中の水分を集めたのか、別の場所から移動させたのか、それとも魔法で無から生み出したのか。まだ分からないけど、別の場所から移動させた、という説は違う気がする。空間転移的な事象が起こったにしては流石《さすが》にコストが低すぎると思うし。

まぁそれはいいとして……。

「この水、どうしよう……」

ちょっと考えてなかった……。なにか適当に探すか。

少し考え、左手で背負袋を探って鍋を取り出し、その中にパシャリと入れた。

ちょっと思い付いたので、味見をしてみる。

「温《ぬる》いし、味は……普通かな」

井戸水《いどみず》のように冷たくはなく、味的にも平凡《へいぼん》。なにも語るような情報はない。よくある水だ。

確かポーションはこの水で作るといいんだっけ？　その辺りの仕組みも調べたいけど、今はこれ以上、調べようがない気がする。

……あぁ、そうだ。

「この指輪を外しても発動するか、調べておこうか」

オリハルコンの指輪のおかげでこの魔法を覚えることが出来たのなら、もしかするとオリハルコンの指輪を外していると使えなくなる可能性もある。

指輪を外して机の上に置き、魔法を発動してみた。

「水よ、この手の中へ《水滴》」

お腹の奥の魔力がゆっくりと動き出し……なんだか暴れながら右手に集まってくる。

「ちょ、ちょっと、なんか、これ……」

右手からその魔力が放出され、直径二センチぐらいの不定形な水の塊《かたまり》が産み落とされた。そしてグネグネと波打つそれに僕の意識が逸《そ》れた瞬間、パシンと軽く弾《はじ》け、床《ゆか》にポチャリとシミが出来た。

……それは初めての感覚だった。まるで自分が使った魔法ではないような、上手くコントロール出来そうにない手触《てざわ》り。

つまり指輪がなくても魔法は使えるけど、安定はしないし本来の能力も発揮出来ない。実質的に使えないと考えていいだろう。

「なるほど」

いやぁ、水滴の魔法で試《ため》しておいてよかった。火種とかで試してたらとんでもないことになってたかも。

机の上からオリハルコンの指輪を取り、指にはめる。

この指輪を着けている時、限定か。う～ん、これ、目立ちそうだし普段は外しておきたいんだよね。

まぁ、使えなくなるのは光源の魔法以外の生活魔法だけだし、これまでそれがなくても問題なかったんだから、これから使えなくても大した問題ではないよね。

でも水滴の魔法があるならあるで頻繁《ひんぱん》に使うかもしれない。やっぱり安全な水を常に確保出来るのは大きい。これまで飲み物は薄《うす》い葡萄酒《ぶどうしゅ》を食堂で買って水筒に入れていたけど、水でよくなるわけだし。

いや、葡萄酒をずっと買わないでいると水滴の魔法が使えるとバレそうだし。そう考えると、せめて指輪がなくても魔法が使えるようになるまでは今まで通りの方がいいか。

うん、水滴の魔法についてはこれぐらいにして、次の魔法を試してみよう。

「火よ、この手の中へ《火種》」

右手の上に小さな火の玉が現れ、ユラユラと燃える。

これで野宿の時もホーリーファイアを使わなくても火がつけられる。

ホーリーファイアでも火はつくけど、あれは何故か火が白くなるから目立つんだよね。それでもちゃんと火としての機能はあるからいいけど、他の人がいる時は使えないしさ。

よし、次の魔法を使ってみよう。

「大地よ、この手の中へ《操土》」

右手に集まった魔力が放出され、そして霧散《むさん》した。

「……」

魔法書を読んだ時点でなんとなく気が付いていたけど、これで確信した。これは土を動かす魔法なんだと思う。ここで使っても意味がないようだった。これはまた今度、外に出た時に再検証かな。

次の魔法を使ってみよう。

「闇よ、我《わ》が身を掴《つか》め《重量軽減》」

どうやら対象を指定する必要があるみたいだったので、適当に目の前の机を指定して魔法を発動させた。

右手から生まれた黒いモヤモヤが机を包み、そして消えていく。

机の端《はし》を掴み、ゆっくりと持ち上げてみた。

「……これ、なにか変わってる？」

重さを軽くする的な効果だったはずだけど、実感出来るような効果がない。

う～ん……さっきから全体的に効果が小さい気がするんだよね。水滴の魔法とかメルが使っていたものと比べるとちょっと小さいし。やっぱり無理に覚えた魔法だから効果が弱いのか、僕のレベルが低いとかアビリティがないからとか、そういう問題があるのだろう。

次の魔法を使ってみよう。

「風よ、この手の中へ《微風》」

右手に集まった魔力が放出され、緩《ゆる》やかな風が吹《ふ》いた。

それは、隣を誰かが歩いた時に感じるぐらいの、本当に微風。

もう一度、今度は右手を自分に向けて使ってみる。

「あぁぁぁぁ、涼《すず》しいかも」

扇風機《せんぷうき》にしてはちょっと弱い微妙な風だけど、暑い時には使えるかもしれない。この効果付きの服とか鎧《よろい》があれば夏場は重宝するかもね。もしかすると、そういう魔法武具は存在するのかもしれないけど。

何度か微風の魔法を使って涼み、そして飽《あ》きた。

使えなくもないけど、別にあってもなくてもそんなに困らない魔法というかさ、火種と水滴はかなり重宝しそうな魔法だと感じるし、光源もかなり使えると思う。重量軽減も磨《みが》けば光りそうな可能性を感じる。しかし操土と微風は……。

「ちょっと、不遇《ふぐう》じゃない？」

そういや、操土はランクフルトでスタンピードがあった時、同じ土属性のストーンウォールと一《いっ》緒《しょ》に障害物造りに使用されてたっけ。そう考えると操土には使い道がある気がするし……。となると残りは微風だけになるけど、どういう使い道が考えられるだろうか？　上手くやればドライヤー代わりに使える？　干物を作る時は便利かも！

「……いや、やっぱり不遇すぎない？」

う～ん……。微風……微風……。なにか忘れているような気がしないでもない。

この魔法、以前どこかで使われているのを見たことがあるような……。どこだっけ？

頭の中の記憶を引っ張り出しながら確かめていく。

南の村、森の村、ランクフルト、エレム、港町ルダ。そして山の中から地下に入り、黒いスライムを倒してボロックさんに会って……。

「あ！　ボロックさんか！」

確か初めて会った時、死の粉を吹き飛ばすために使っていたはず。

そしてその後――

「んん？」

その後も使っていた。確か『空気が澱《よど》むと人は生きられないから』とか、そんな感じの理由で洞窟内に微風の魔法を何度もばらまいていた。

空気が淀《よど》むと生き物は生きられないから淀みを吹き飛ばす……。

なんか……こう、なにかが分かりそうで、しかし上手く出てこない。

洞窟では空気が淀む。ドワーフなら知っている。ドワーフは地下に潜《もぐ》る。地下は酸素が少ない。

「あっ！」

なんとなく、糸口を見付けたかもしれない。

「水よ、この手の中へ《水滴》」

さっき出した鍋の中に水滴の魔法で水を溜《た》めていく。一回の量が少ないので何度か繰《く》り返し、一〇センチぐらい溜まったところで右手をその中に入れた。そして――

「風よ、この手の中へ《微風》」

水の中で微風の魔法を使う。

右手に集まった魔力が放出され、それが風になっていく。

鍋の中に入れた右手。その指の隙間《すきま》から、大小様々な泡《あわ》が湧《わ》き上がり、水面からポコポコと浮上《ふじょう》してきた。

「やっぱりか」

この魔法、風を起こしているのではなく、気体を発生させている。

別の場所から転移させてきているのか、魔力から変換しているのかは分からない。でも、これは周囲の空気を動かして風にしているのではなく、手の中に気体を生み出しているのだ。

ということは、ボロックさんはこの魔法で風を起こして淀みを飛ばしていたのではなく、その場に空気を生み出し洞窟内に新しい空気を入れていたということか？

いや、まずこの気体はなんだ？　酸素なのか二酸化炭素なのか窒素《ちっそ》なのか……。

少し考えた後、背負袋の中からカップと紙を取り出し紙の端の部分をよじり、カップを水の中に入れる。そして右手も水の中に入れて魔法を発動した。

「風よ、この手の中へ《微風》」

ボコボコと湧いてくる気体を手の角度を変えながら水の中でカップの中に集めていく。

溢《あふ》れるまで集まったところで魔法を止め、蓋《ふた》になるようなモノがないので鍋の底にカップを左手で押し当てながら右手を引き抜《ぬ》き、紙に着火。

「火よ、この手の中へ《火種》」

そして燃える紙を右手で持ち、左手でカップを水から引き上げた瞬間、火をカップの中に入れた。

「……変わらない、か」

しかし変化がない。

火は特に変わらず、紙を燃やし続けている。

これは燃焼実験。小学校か中学校の頃にやったアレだ。

カップの中が酸素なら火は激しく燃えるし、二酸化炭素とか窒素なら火は消えたはず。

しかしなにも変わらないということは、適度に酸素が混じった気体。つまり……。

「普通の空気である可能性が高そう」

まぁこの実験自体、簡易的なモノだし、どこかに不備があるかもしれないから断定は出来ないけど。

　でも恐らく、この魔法は酸素を含んだ気体を発生させている可能性が高い気がする。

　もしかすると、ドワーフ達は地下で生きる中で減少しがちな酸素をこの微風の魔法で補ってきた、ということではないだろうか？

　普通に考えて、地下の奥底で軽く淀みを吹き散らかしたところでなにかが解決するとは思えないけど、地下に潜るドワーフの間では当たり前のように行われているらしいから意味はあることなんだろうしさ。なら酸素の補給である可能性が高い気がする。

　そう考えると水滴の魔法も空気中の水分を集めて水にしているのではなく、魔力を水に変換しているのかもしれない。

　魔力で物質を作り出せるとなると、この星の質量は無限に増え続けるような気がしないでもないけど、それを考えると武具強化で失敗した時の武具や魔法を覚えた時の魔法書は綺麗サッパリ無に帰《き》しているわけで。つまり、絶えず物質が魔法で生み出されたり魔法で消滅《しょうめつ》したりする世界である可能性も否定出来ない。

　まぁ、それも仮説でしかない、か。

　可能性を考えていけば、いくつも仮説が浮《う》かんでくる。魔法で物理法則が無視出来てしまうならば、地球での理論で出した答えでも『それ、魔法でひっくり返るので』と言われてしまうと終わりだからだ。

「やっぱりこの世界は面白いや」

第三章
謁見
CHAPTER 3

「謁見《えつけん》許可が出た」

食堂のいつものメンバーがいる席に座《すわ》ると、サイラスさんが小声でささやいた。

思ったよりも早かったかな。もうちょっと日程調整とか色々とあると思ったけど。

「意外と早かったね」

「あぁ、ダリタが上手《うま》く話をつけてくれたらしい」

なるほど。やっぱりクラン内に伝手《つて》があると強い、という感じかな。流石《さすが》、公爵令嬢《こうしゃくれいじょう》……って、よく考えなくてもダリタさんは公爵令嬢なんだよね？　しかも、この国の成り立ちを考えれば実質的に王女に近い存在と言ってもいいはず。普通《ふつう》にクラン内にいて普通に接してくれるからまったく意識してなかったけどさ。

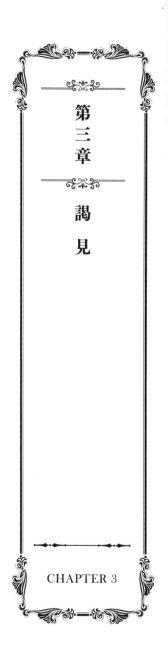

「今更《いまさら》だけど、ダリタさんのことを『ダリタ様』とかみたいに呼んだ方がいいのかな？　それに公爵様に会う時もどうすればいいのか……」

改めて意識してみると相手の大きさに不安な気持ちが湧《わ》き上がってくる。

会うのはこの国の公爵。しかも国王がいないこの国の最高権力の一角だから他国の公爵より権力が大きいはず。でも、僕《ぼく》はこの国の貴族のマナーとかしきたりとかをまったく把握《はあく》していない。それはちょっと……マズい気がする。

地球でも、例えばヨーロッパ各国にもそれぞれ少しずつ違《ちが》うマナーがあって、ある国では正式なマナーなのに隣国《りんごく》では逆になるようなモノもあったはずだし。つまり常識的、合理的な考えから判断した行動でも無礼だと思われる可能性は十分にあり得てしまうわけだ。

もしかすると『貴族の部屋にはコサックダンスで入室するのが礼儀《れいぎ》』みたいな、知らなきゃ無理ゲーなルールが存在している可能性も小数点以下の確率で存在しているかもしれない。

「……」

……いや、流石にないと思うけど。

「あー……貴族同士では色々とあるが、冒険者《ぼうけんしゃ》にはそこまで求められてないぞ。基本的には失礼なことさえしなければ普段通りで大丈夫《だいじょうぶ》だ。ダリタについても大丈夫だろ。シューメル家は武門の一族で、そういうマナーとかには厳しくない。それに、ダリタはクランで特別扱《あつか》いされるのを嫌《きら》っているしな」

なるほど。それなら大丈夫だろうか。

それから詳《くわ》しく確認《かくにん》していった感じ、入室時にコサックダンスを踊《おど》る必要はなさそうだし、その他にもおかしな謎《なぞ》マナーはなさそうだった。

「それで、当日はどんな格好で行けばいいのかな？」

これまで冒険者として暮らしてきたから晴れ着なんて持ってないし、この世界の正装がどんなモノかはまったく分かってない。なにか用意する必要があるなら聞いておかないと。

「別に今のままでいいんじゃないか。なぁ？」

「いいんじゃなーい。ダリタも準備は必要ないって言ってたじゃん」

……本当に大丈夫なのか？　これってもしかして『普段着でお越《こ》しくださいトラップ』なのでは？　普段の気軽な格好でいいよ！　って言われたからいつも通りで行ったら他全員スーツで恥《はじ》かくやつ！

嫌《いや》だよ！　異世界に来てまでそんな展開！

「だが他の貴族の場合は気を付けろよ。そのあたり色々と煩《うるさ》い貴族もいるらしいからな。見た目やマナーに煩かったり、屋敷《やしき》に入る前に身体検査をする貴族もいるらしいぜ」

「むしろそっちの方が貴族っぽいイメージなんだけど」

権力者に会う前に身体検査をするのは当然な気がする。変なモノを持ち込《こ》まれたら困るし、隠《かく》し持った武器等で襲《おそ》われたらたまったもんじゃない。

……う～ん、そうか、身体検査か。権力者に会うならそういうこともある、よね。

まいったな。パッと思い付くだけでもいくつか人に見られたくないモノが出てくる。

リゼに貰《もら》った妖精《ようせい》の薬とか、聖石にしてもそう。入手先を聞かれても答えられないし、答えたとしたら余計に面倒《めんどう》なことになる。

うーん、ちょっと考えても良い対策が思い付かないな。事前に分かってたらどこかに隠すしかないか。でも、下手に手元から離《はな》すのも誰《だれ》かに見られたり盗《ぬす》まれる可能性がある気がするし、それも難しいね。

「まぁ、高ランク冒険者なら皆《みな》、隠し玉の一つや二つぐらい持ってるから身体検査を嫌がるしな。普通は貴族もまずやってこないはずだ。冒険者に無駄《むだ》に嫌われても損しかない」

「冒険者との関係を悪化させて消滅《しょうめつ》した町もある。特に強いモンスターが出る地域は強い冒険者を引き止められないと存続出来ないから」

ここまで黙々《もくもく》と食事を続けていたルシールがそう言った。

なるほどねぇ。なんとなくこの世界の仕組みがまた一つ見えてきたかも。

この世界の領主は、その地域に出るモンスターの強さに合った冒険者を上手く誘致《ゆうち》出来るような政策を意図的に行う必要があるのだろう。

冒険者が集まらないとモンスターを自軍で討伐《とうばつ》するしかなくなり、軍事費が増えて財政を圧迫《あっぱく》する。そしてその町の赤字が常態化した時、そこに町を維持《いじ》する意味がなくなる。

そう考えていくと、この世界って周辺にお金になるモンスターがいることが、町が存続出来るかなり大きな要因になってる気がする。

勿論《もちろん》、森の村のようにモンスターが出ないことで農業がやりやすくなったり、ダンジョンの存在で維持出来たり、主要街道《かいどう》沿いの宿場町として維持出来る町もあると思うけど。

でも、国や貴族が領地を開拓《かいたく》して新しく町を作っていこうと考えてもかなり難しいのだろうと想像出来る。町を新たに作っても周辺に旨味《うまみ》のあるモンスターがいなければ冒険者は集まってこないので討伐報酬《ほうしゅう》を値上げしたりして冒険者を呼び込む必要があるけど、それだと町の運営が赤字になってしまう。そうなると、それ以外にお金になるナニカが必要になるはず。例えば、鉱山とかダンジョンとか。

……よく考えると冒険者なんて必要がないように周辺のモンスターを全《すべ》て狩《か》り尽《つ》くしてしまえばいいのかも。……いや、まずモンスターを狩り尽くすことが可能なのだろうか？　……そもそもモンスターってどこから現れてるのだろうか？　モンスターが卵や子供を産んで増えるのは確認しているけど、そのもっともっと前は？

モンスターが親から物理的に生まれているのなら、全てを狩り尽くせばいなくなるはずだけど、そうでない可能性もある。というか、そんな単純な話ならもっとモンスターの領域が狭《せま》くなっている気がするし。

……まぁ、これ以上は考えても分からないかな。

でも、もしかすると、お金になるモンスターがいなくて不味《まず》い地域は誰も入っていかないから探《たん》索《さく》も進んでなくて、思わぬ発見があるかもしれない。未開のダンジョンとか、古代遺跡《いせき》とか――

「おーい、聞いてるぅ？　……ダメだ～自分の世界に行っちゃってる！」

そうしてこの夜も過ぎていった。

次の日は朝から外に出て検証の続きをしてみた。

実験は二つ。オリハルコンの指輪に魔力《まりょく》を流したらどうなるかの実験と、操土《そうど》の魔法の実験だ。

まず、オリハルコンの指輪に魔力を流してみた。

が、特になにも起こらなかった。つまり魔法武具ではない、という可能性が高いと思う。

僕が知る限り、魔法武具とは魔石や人の魔力によって動く機械のような仕組みのモノだからだ。

となるとアーティファクトなのか、という話になってくるけど、それもよく分からないので結論は保留にしよう。

次に操土の魔法。

「大地よ、この手の中へ《操土》」

魔法の発動と同時に足元の地面が五センチぐらいボコリと盛り上がった。

「……う～ん」

なんとも言えない微妙《びみょう》な効果。これだとスコップで掘《ほ》った方が早い気がする。やっぱり他の生活魔法と同じく適性外で無理に覚えたせいなのか限定的な効果しかないのだろう。

しかし水と風の生活魔法は物質をその場に呼び出したのに土の生活魔法は存在する土を動かしただけ。この違いはなんなのだろうか？

「そういや、ホーリーアースでも聖石が出来たよね」

なんとなく『神聖魔法だからなんでもアリなんでしょ』と考えてしまっていたのか今まであまり

気にしてなかったけど、こうなってくるとホーリーアースもちょっと不思議な気がするよね。あれも手の中に物質が現れてるわけだし。

その後、操土の魔法を繰《く》り返し試《ため》してみた感じ、半径一メートルぐらいの範囲《はんい》にある土を一瞬《いっしゅん》ほんの少しだけ動かせることが分かった。そしてこの魔法が石や岩には効かないことも。

もし石材にも効果があるなら石壁《いしかべ》をくり貫《ぬ》いて穴を掘ったり壁を壊《こわ》したり出来たのだろうけど、それは無理そうだった。予想以上に使い道が少なそうな気がする。もしかすると、レベルが上がったりすればもっと効果がアップするのかもしれないけど。


翌日、朝起きて身だしなみを整え、一階の食堂へ向かう。そしてそこで皆と合流してクランハウスを出発した。

今日はついに公爵様と会う日だ。

軽く世間話をしながら大通りを西へ歩く。

「うぉぉぉぉあ！　緊張《きんちょう》してきた！」

高そうな店が立ち並ぶエリアに入ってきた頃《ころ》、シームさんが叫《さけ》んだ。

「やっぱり皆も公爵様に会うのは初めて？」

「そりゃそうだ！　遠くから見たことはあるけどな」

サイラスさんがそう答える。

そりゃそうだよね。普通は貴族と関《かか》わることなんてそんなにないだろうし、公爵という高位貴族なら尚更《なおさら》だ。普通にしてたら一般人《いっぱんじん》は話す機会なんてないよね。そう考えたら僕も緊張してきたかも！

そうこうしていると見覚えのある場所に来ていた。ここは……例のお屋敷だ。

幽霊騒動《ゆうれいそうどう》の時、地下道の先で見たお屋敷を地上から探しに行き、そして見付けた場所。

あの時はお屋敷と門だけ確認して戻《もど》ったけど、今日は堂々と中に入れるのだ。そう考えるとなんだか不思議な感じがする。

「本日、謁見の許可をいただいたサイラスです。お取り次ぎ願いたい」

「報告は受けている。案内しよう」

門番らしき兵士にサイラスさんが話しかけると、あっさり門が開いた。

う〜ん、ここは門番が横柄《おうへい》な態度で突《つ》っぱねてきて一悶着《ひともんちゃく》あり、そして後でザマァな展開に繋《つな》がるのが王道パターンな気がするけど、現実ではそんなことはないらしい。そりゃ全ての客に最初に対応する門番がヤバい人間だとマズいことになりまくるだろうし、それなりにちゃんとした人が選ばれているのだろうね。

兵士に案内されるまま、剣《けん》を構えた騎士《きし》の石像や花壇《かだん》が左右に並ぶ石畳《いしだたみ》の道を進むと屋敷の大きな扉《とびら》が見えてきた。

歩きながら周囲をキョロキョロと見回す。

左側に何本も木が生えている場所が見える。恐《おそ》らく、あちらが地下道の出口と東屋《あずまや》があった方だと思う。ふと、隣《となり》を歩いているルシールの顔を覗《のぞ》くと、いつも無表情な彼女《かのじょ》がいつも以上に表情がなく、なんだか緊張しているように見えた。ここに到着《とうちゃく》するまでは軽く雑談しながら歩いていたけど、今はそれもない。まぁ、そういう雰囲気《ふんいき》ではないしね。前を歩くサイラスさんとシームさんも緊張しているように感じるし。

扉の前に着いた兵士がノックすると、中から執事《しつじ》らしき初老の男が顔を出す。兵士はその執事に一言二言なにかを告げた後、こちらに軽く一礼しながら「それでは」と言い、門の方へ戻っていった。

「お入りください。公爵様がお待ちです」

案内されるまま屋敷の中に入りつつ、執事の動きをチラッと観察する。

先程《さきほど》、この執事さんが一礼をする際、お腹《なか》に軽く右手を当てた。それにさっきの兵士も同じようにしていた。これはこの国の正式な礼儀作法なのだろうか？　ちょっとまだ断定は出来ないな。

誰一人として喋《しゃべ》らず無言のまま屋敷の中を歩き続け、突き当たりの扉の前に着くと、執事がクルリと振《ふ》り返る。

「こちらが公爵様の執務室でございます。……よろしいですかな？」

そう聞かれ、四人で顔を見合わせ一斉《いっせい》に身だしなみを整えた後、サイラスさんが「お願いします」と言った。

執事が軽く頷《うなず》き、コンコンと扉をノックする。

「入れ！」

「失礼いたします」

重厚《じゅうこう》そうな扉がガチャリと開けられ、豪華《ごうか》な部屋が現れる。

赤い絨毯《じゅうたん》が敷《し》き詰《つ》められた床《ゆか》。そして木製のガッチリした机。と、そこに座る赤髪《あかがみ》の男。

その男は机の上で指を組み、鋭《するど》い目でこちらを見ていた。

この人が公爵様なのだろう。確かにダリタさんと似ているかもしれない。そしてルシールとは……あまり似ていない気がする。

執事が部屋の中に入り、公爵様に向かって深々と頭を下げながら「お客様をお連れしました」と言った。

今度は、執事の右手は胸の前に置かれている。

ふむ……さっきとは違う。もしかして、自分と相手の身分差によって右手が置かれる高さが変わってくるとか？　これはあり得るかも。

「黄金竜《りゅう》の毛を入手したそうだな」

「は、はい！　これです」

サイラスさんが懐《ふところ》から綺麗《きれい》に折りたたまれた布を取り出し、いつの間にか横にいた執事にそれを渡《わた》した。執事はそれを受け取って公爵様の隣まで進み、公爵様に渡す。

どうやら貴族というモノは、こういうバケツリレーが形式的に必要らしい。

公爵様は受け取った布を開き、中にあった金色に輝《かがや》く糸——黄金竜の毛を手に取って確かめていった。

「確かに、黄金竜の毛に間違いなさそうだ」

「父上、それはあたしが事前に確認していると申し上げたではないですか」

声がした右側を見ると、豪華な応接セットに座って白磁のティーカップを傾《かたむ》けるダリタさんがいた。

公爵様に意識が集中していて気付かなかった。

それにしても、ダリタさんの喋り口調がいつもとは少し違い、ちょっと違和《いわ》感がある。いつもはべらんめえ……もとい、もっと砕《くだ》けた感じで喋っていたはずだけど。やっぱり公爵様の前ではちゃんとしているのだろうか？

「それはそうだがな。こういうモノは自分の目で確認する必要がある」

「クランの人間がそんな下手な詐欺《さぎ》はいたしません」

ダリタさんが少し怒《おこ》ったようにそう言うと、公爵様は一呼吸置いてから「そうかもな」と返し、それからこちらを向いた。

「さて、お前達、よく持ってきてくれた。黄金竜の素材の流出が避《さ》けられたのは喜ばしいことだ……。褒美《ほうび》を取らそう。なにか望む物はあるか？」

公爵様のその言葉を聞き、思わず皆で顔を見合わせた。

てっきり公爵様が褒美となるお金とかを一方的に出して、それを受け取って終わりだと思っていたのに……。う～ん、こういう可能性を考えてなかったわけではないけど、どれぐらいの希望を言えばいいのか難しいんだよね……。要求が高すぎると睨《にら》まれそうだし、低すぎると損をする。そもそもこの黄金竜の毛ってお高い寿司《すし》屋のマグロみたいに『時価』だろうから基準も難しくて、結局は相手次第な気がするし。

さて、どうすればいいのだろうか……と思っているとサイラスさんが力強い眼差《まなざ》しで真っ先に希望を話した。

「でしたら、私を公爵様の騎士にしていただけないでしょうか？」

公爵様はピクリと眉《まゆ》を動かし、そして机の上で指を組んだ。

騎士。ファンタジーの中ではお馴染《なじ》みの存在だけど、この世界、この国の騎士がどんなものなのかはよく分からない。でもなんとなく、身分がそれなりに高いというか、特別な存在であることは間違いない気がする。

「それは無理だな。騎士爵は簡単にやれるものではない」

「……そう、ですか」

サイラスさんは残念そうにうなだれた。

やっぱり冒険者の、それもエリートだと思われているクランに所属しているサイラスさんにとっても騎士という身分は魅力《みりよく》的なのだろうか？

「騎士の叙爵《じよしやく》は公爵家の専権事項《じこう》だが、その責任は任命した公爵家が負うことになるんだ」

ダリタさんがそう説明しながら手をヒラッと振る。

それはまぁ……そうなんじゃないの？　権限を与《あた》えた側がその責任を取るって普通のことだと思うけど。……あぁ、でも普通の国だと最高権力者の国王が騎士爵を与えるんだっけ？　確かイギリスのサッカー選手が女王から爵位を貰っていたような記憶《きおく》がある。この国はその国王がいないから三公爵がそれぞれ与えているけど、だからこそ自分が騎士にした人が問題を起こすと他の公爵から攻撃《こうげき》されるんだろうし、それが面倒なのだろうか。

なんだかこの国の政治は、そのあたり半端《はんぱ》な権力の分散で色々と難しくなってる感じがする。

「そうだな……。今すぐ騎士にすることは難しいが、機会は与えよう。今後、なにかあればお前を使う。その時の働き次第《しだい》で考えようではないか」

「あ、ありがとうございます！」

公爵様の言葉にサイラスさんが大きく頭を下げた。

それを見て公爵様がウンウンと軽く頷き「では、他の者もそれでよいな？」と聞いた瞬間、シームさんがぶっ込んだ。

「わたしは公爵様が食べてるご飯をお腹いっぱい食べてみたいです！」

うわぁぁ！　ちょっと！　この人、欲望のままに本音をぶっちゃけてる！　どうするんだこれ……一歩間違えたら本当にどうなるか分からないぞ！　と思っていたけど公爵様は予想以上に寛容《かんよう》なようで「そ、そうか……まぁいいだろう」と、困惑《こんわく》気味に答え、チラリと執事の方を見た。

執事が大きくお辞儀《じぎ》をした後、部屋から出ていく。そしてそれを見たシームさんが小さくガッツポーズをしながら「やった！」とつぶやいた。

はぁ……とりあえず公爵様は気分を害さなかったようだ。一安心一安心……。

でも、これはこれで良かったのかもしれない。あのままだと順調に騎士になるレールに僕も乗ってしまっていた気がする。現時点では騎士になった場合のメリットとデメリットがよく分からないから判断出来ないのに、ここで『いや、騎士にはなりたくないッス』なんて言えない雰囲気になってたし。

さて、僕はなにをお願いしようか？

「……私は、本が読みたいです」

僕が迷っている間に隣のルシールがそう言った。

実にルシールらしい望みだ。そして僕にとっても情報は欲《ほ》しいところだし、これは良い案かも。

「そうか、本か。……いいだろう、公爵家の書庫への出入りを許す。ただし、持ち出しは禁ずる」

「ありがとうございます」

ルシールが頭を下げると公爵様がフッと小さく笑った気がした。

どうやら公爵家の書庫を開放してもらえるらしい。他に願いも思い付かないし、僕もこれに乗っておこうかな？

と思って「僕も書庫の本を見たいです」と告げると予想外の言葉が返ってきた。

「お前も、か……いや、ダメだ」

「えっ？」

思わず声を出してしまい、ルシールと顔を見合わせる。彼女は驚《おどろ》いた顔をしていた。僕も同じような顔をしているはずだ。

えぇぇ……これは、どういうことだろう？　まさか僕だけ断られるとは……。僕がなにか公爵様の気に障《さわ》るようなことをしたのだろうか？　それとも他に――と考えて、一つの可能性がチラリと頭をよぎる。

これはもしかして、公爵様はルシールのことを『知っている』のか？

「お父様？」

「書庫にある書物の中には簡単には見せられないモノもある」

「では、何故《なぜ》ルシールにはお許しになるのです？」

「……とにかくダメだ。他のモノにしろ」

チラリとダリタさんの方を見ると、彼女はこちらを見ながら小さく首を横に振った。

……なんというか、凄《すご》く微妙な空気感。誰もが少し困惑したような顔をしている。しかし、ここで食い下がってもデメリットが大きいというか、こちらから提供出来そうな交渉《こうしょう》材料がない。ここは大人しく黙《だま》っているしかない、か。

とにかく他になにか提示しないと……そうだ。

「では、騎士団の練習を見学させていただけませんか？」

「それならいいだろう。ダリタ、案内してやれ」

「分かりました」

肩《かた》の力が抜《ぬ》けてホッと息を吐《は》く。

他に良い案が思い浮《う》かばなかった。やっぱりどれぐらいまで要求出来るのか分からないから難しいんだよね。無難にお金でもよかったけど、どうせならお金で買えない情報や経験を得たいし。と考えていると、以前サイラスさんが『騎士団に剣術を教えている一族がいる』という話をしていた

いらしい。

僕が今まで見てきた冒険者達《たち》は実戦の中で技《わざ》を磨《みが》いてきた人がほとんどだった。若い頃に親や先《せん》輩《ぱい》冒険者に剣の握《にぎ》り方や振り方を教わったことはあっても、本格的に武術を学んだ人はあまりいないらしい。

日本にいた頃を思い返してみると、僕が家で習った剣術の技、その殆《ほとん》どの技術が、相手の剣を避《よ》け、弾《はじ》き、そしていかに自分の剣を相手の急所に当てるかに集約されていたのだけど、そういった技術は相手が同じ土俵で戦える『人』であるから成り立つのであって、例えばスタンピードの時にランクフルトに現れたグレートボアを倒《たお》すための武術の技なんて恐らく存在し得ないのだ。地球で象や熊《くま》を倒すための武術がないようにね。圧倒《あっとう》的な質量とパワーに耐久《たいきゅう》力、それに対抗《たいこう》するにはレベルを上げて自らもパワーと耐久力を上げるしかない。だからこの世界の冒険者はあまり武術を学ぼうとはしていないのだと想像している。

けど、対人戦闘《せんとう》をする機会が多い騎士団は対人武術を学んでいるという話。

それを直接、見学出来るのは大きいと思う。

◆　◆　◆

「すみません、案内してもらって」

「そんなこと気にすんなって！」

公爵様の部屋を出て、ダリタさんに案内されながら公爵邸《てい》の裏側にある練習場に向かっている。

ダリタさんは既《すで》にいつもの口調に戻っていて、なんだか逆に違和感がある。公爵様の前のようにちゃんと喋れるのに、何故こんな感じになっているのか謎だけど、こっちの方が僕は話しやすいから助かるかも。

他の皆とは公爵様の部屋で別れた。シームさんは今頃、豪華な食事をご馳走《ちそう》になっているはずだし、ルシールは書庫で本を読んでいるはずだ。サイラスさんは公爵様がもう少し話をしたいと言っていたので、部屋に残っている。なにを話しているのか少し気になるけど……これは後で聞いてみよう。

高そうな壺《つぼ》や絵が飾《かざ》られた廊下《ろうか》を抜けて裏側の扉から屋敷を出て、花が咲《さ》き乱れる庭を通り抜けた先。金属を編み込んだ鉄格子のような門を抜けると土がむき出しの殺風景なグラウンドが現れた。

クランハウスと構造が似ているかもしれない。クランハウスも中庭の奥《おく》にこんな練習場があったし。

グラウンドでは金属の鎧《よろい》を着た二〇人ぐらいの騎士達がそれぞれの得物《えもの》で練習試合をしていて、その傍《かたわ》らでは銀の鎧を着た白髪《はくはつ》の騎士が腕《うで》を組んで彼《かれ》らを睨《ね》めつけていた。歳《とし》は六〇から七〇ぐらいだろうか。筋骨隆々で、まだまだ現役感《げんえきかん》がバリバリ出ている。

「ここが第一騎士団の練習場だ」

「凄いですね。これが公爵様の騎士……様ですか」

騎士についてはよく分からないけど、とりあえずそれなりに身分のある職業っぽいので『様』を付けておくことにした。

「ん～……それは少し違うぞ。ここにいる騎士達はカナディーラ共和国の騎士だ」

あれ？　さっきサイラスさんは『公爵様の騎士にしてほしい』と言ってなかったっけ？　でも公爵様の騎士ではない？

「元々、騎士は国王によって任命されてたんだがよ、今のこの国には国王がいない。だから代わりに公爵家が任命しているだけで公爵家には仕えてねぇんだ。……形式的にはな」

「……そうなのですね」

なんだかややこしい事情がありそうだ。

形式的には国に忠誠を誓《ちか》う形は取っているけど、この国には国王がいなくて三公爵によって治められているため、実質的には任命した各公爵の子飼いになっている。そういう感じだろうか。

ファンタジー作品に出てくる騎士って、お姫様《ひめさま》に仕えていたり、王様に仕えていたり、貴族に仕えていたり、色々あった気がするけど、どうやらこの国ではちょっと特殊《とくしゅ》な感じの形で仕えているのかもしれない。

「あの……騎士についてよく分かってないのですが、例えば門の前を守っていた方は騎士様なのですか？」

「門って外のか？　あれなら公爵家が抱《かか》えている従士だぜ」

「従士、ですか？」

「あぁ、騎士は騎士爵を与えられた貴族のことで、従士は直属の兵士だな。カナディーラじゃ貴族が騎士を抱えることは許されていないしよ。だからどこの貴族も従士を雇《やと》って従士団を作ってんだ」

なるほど。なんとなくこの国での騎士という職業がどんなモノなのかが見えてきた気がする。

つまり騎士とは爵位の一つで、騎士団に所属し、騎士として戦うことで国に貢献《こうけん》することを求められている人。そしてこの国では実質的に騎士爵を与えたそれぞれの公爵の配下になっている、と。

騎士って兵士の上位互換《ごかん》のような感じに考えている部分があったけど、この感じだとそういうモノではないっぽいよね。これは騎士になってしまうと後々身動きが取りにくくなりそう。辞《や》めたいと思っても簡単に辞められそうにないし、これはならなくて正解な気がする。

「では他の国では貴族が騎士を抱えることがあるのですか？」

「貴族が騎士を任命出来る国もあるし、貴族が貴族を配下に持てる国もある。制度は国によって違うからな」

う〜ん、どうやらこの世界では画一的な貴族制度はなく、国によってかなり勝手が違うっぽい。恐らく国によって貴族や騎士の身分や権限もかなり違うのだろうね。これは別の国に行く場合は注意しておかないといけないかも。

「おう、姫様ではないか。今日はどうした？」

「おうっ、セム爺《じい》！　今日は客を連れてきた」

白髪の騎士がこちらに歩いてきてダリタさんに声をかけた。

間近で見るとデカい。一九〇センチ以上はあるかもしれない。この人が騎士団長なのだろうか？

「公爵様の許しを得て騎士団を見学させていただきます、ルークです。今日はよろしくお願いします」

「見学？」

セム爺と呼ばれた騎士はこちらをチラッと見た後、ダリタさんの方を見る。

なにか、ちょっと怖《こわ》いよ！　この感じ、ダリタさんがいなければ一悶着あったかもしれないな。

ダリタさんが来てくれてよかった。

「ウチの冒険者だ。例の黄金竜の毛を入手した冒険者でな、騎士団の練習を見学したいらしい」

「クランの冒険者か。まぁいいだろう」

白髪の騎士はダリタさんに頭を下げ「ではまた」と元の位置に戻っていった。

「セム爺……いや、セムジ・モス伯爵《はくしやく》は騎士団の指南役で剣術を教えている。わたしも昔は世話になった」

「あの人が……」

彼が騎士団で剣を教えている一族の人なんだろうね。しかも伯爵ときた。やはりこの国ではかなり重要な人物なのだろう。

「よしっ！　仕切り直しだ！　相手を変えろ！」

モス伯爵の一声で、練習試合をしていた騎士達が一礼した後、相手を変えてまた練習試合を始めた。

「いいか！　初めて戦う相手だと思え！　相手の力量と武器の性能をすぐに見極《みきわ》めろ！」

騎士達はジリッジリッと距離《きより》を詰《つ》め、牽制《けんせい》するように剣で突きを入れたりフェイントを入れたりしている。

そういう時間が暫《しばら》く続いた後、やっと幾人《いくにん》かの騎士が剣で相手を攻撃し始めた。

カツンカツンと剣を盾《たて》で弾く音が響《ひび》く。

どうやら相手の攻撃を基本は避けつつ、避けられない攻撃を盾で弾くのがセオリーっぽい。盾で受け止めるというより受け流すようなやり方。なるほど、確かに基本的には僕が習ってきた日本の武術に近い感じはする。勿論、盾があるのでそこは別物だけど。

と、一人の騎士がバランスを崩《くず》し、避けきれなかった攻撃を右手の剣でガキンと受け止めた。

「バカヤロウ！　剣で受けるなといつも言ってんだろ！」

「申し訳ありません！」

モス伯爵が怒鳴《どな》り声を上げた。

……ん？　今のはなにがマズかったのだろう？　相手の攻撃を剣で受け止めただけで普通のことだと思うけど。と思ってダリタさんの方を向くと、ダリタさんが説明してくれた。

「相手の攻撃を剣で受けてしまうと反撃出来なくなるだろ。それに――」

ダリタさんが腰《こし》の剣を引き抜き目の前に掲《かか》げると、その剣が薄《うす》く淡《あわ》い赤色を帯びる。

「騎士が戦う相手は騎士だ。騎士なら属性武器か魔法武器を持っていることが多いからな。魔法耐《たい》性《せい》のある防具で受け止めないと危ないぞ」

そう言いながらダリタさんは剣を軽く振ってみせた。

ダリタさんが持ってる剣って属性武器……なのかな？

「……あの、属性武器と魔法武器について詳しく分かってないのですが、具体的にはどう危ないのでしょうか？」

「ん〜、そうだな……属性武器も魔法武器も希少な素材で作られることが多いから業物《わざもの》が多いしよ、属性武器は属性が載《の》る分、切れ味も鋭い。相手の力量によってはこちらの武器ごと持っていかれる。で、魔法武器は魔力をこめるだけで魔法を発動出来るからよ、物理攻撃を防げても魔法は食らっちまうのさ」

あぁ、なるほど。この世界は武具の性能も人の性能も地球人の常識を超《こ》えた高さだし、条件によっては普通に剣ごと両断されてしまう可能性があるのか……。

そう考えてブルッと震《ふる》えが来る。嫌な想像をしてしまった……。

確かに、ゴルドさんの本気の斬撃《ざんげき》を受け止めたら、今の僕だと武器ごとぶった斬《ぎ》られそうだ。

それに魔法武器の場合、剣での斬撃は受け止められても、その剣から発せられた魔法は受け止められない。それは恐らく、魔法耐性のある頑丈《がんじょう》な盾などで受け止めるか避けるしかないのだろうね。

「まぁ、魔法武器を持つ騎士はほとんどいないんだけどな！」

「と言いますと？」

「まず物に魔力をこめられる奴《やつ》が多くない。それに魔法武器は魔力を消費するし威力《いりょく》は使用者の魔法能力で決まるんだ。魔法の才能は珍《めずら》しいしな。それなら誰が使っても威力の高い属性武器を使ってる方が強いだろ？」

……これは面白《おもしろ》い話を聞いたかも。

つまり属性武器は誰が使っても武器の性能にプラスして属性ダメージが載って強いけど、魔法武器は使える人が限定されるうえにその威力は使用者のパラメータ依存《いぞん》。そんな感じだろうか。魔法の才能が珍しい以上、多くの人にとっては魔法武器より属性武器の方が圧倒的に有用なんだろう。

でも、これはもしかして、魔法武器って僕にピッタリな装備なのでは？

要するに魔法武器って武術と魔法能力の両方を兼《か》ね備えた人専用の装備ってことだよね？　ん～……物凄く欲しいけど、あんまり売っている店も見かけないし値段も高すぎて手が出ない。確か金貨で一〇〇枚とかそんな値段からスタートな代物《しろもの》だったはず。でも欲しい……。やっぱり多少無理してでも頑張《がんば》ってお金を貯《た》め込んでおくべきなのだろうか。

そんなことを考えながら騎士団の見学を終えた。

ダリタさんと別れ、皆と合流した後、サイラスさんから金貨二〇枚を渡された。どうやら公爵様からの褒美らしい。僕達の望みが黄金竜の素材とは釣《つ》り合っていないということで、それにプラスして用意してくれたみたいだ。

しかしこれでもまだ魔法武器には届かない。

良い装備を揃《そろ》えようとすると湯水の如《ごと》くお金を使ってしまう。

エレムの町で、属性武器の強化に失敗して燃やしてしまった冒険者が、膝《ひざ》から崩れ落ちた気持ちが今ならよく分かる。金貨一〇〇枚単位で買った武具が強化の失敗で一瞬で消滅するのだ。洒落《しゃれ》になってないよね。しかし強い者達はそんなリスクを背負《せお》って自分の装備にお金をかけていくのだから本当に凄いよね。

第四章

黄金竜の巣

CHAPTER 4

「つーわけだからよ、黄金竜《りゆう》の巣の調査に行ってくれや」

「いきなりですね」

朝一番、クラマスに呼び出されて久し振《ぶ》りにあの部屋に入ったら第一声がそれだった。

なんだかこんなやり取りは前にもあった気がする。

「お前には元から行ってもらう予定だったんだがよ、公爵様《こうしやくさま》からもお前達のパーティを参加させるようにと要望があったしな」

「僕達《ぼくたち》のパーティ、ですか？」

「今はサイラスと組んでるんだろ？」

「そうですけど……って、詳《くわ》しく説明してくださいよ」

と、クラマスから色々と聞き出した話が以下のモノだ。

黄金竜が何十年ぶりかに巣から飛び立ったので公爵家と対応を話し合った。

関係各所との長い話し合いの結果、極秘裏《ごくひり》にクランと公爵家の合同で黄金竜の巣の調査を行うことにした。

黄金竜の巣への道は秘匿《ひとく》されているので信頼《しんらい》出来るメンバーを厳選する必要があった。

という話を聞いて真っ先に浮《う》かんだのは、何故《なぜ》、僕なんだ？　という疑問だった。

「あの……どうして僕なのですか？　そんな機密性の高い依頼《いらい》なら僕みたいな新入りより適任者がいると思うのですが……」

普通《ふつう》に考えて、そんな重要な任務を新人に任せるはずがない。なんだか少し嫌《いや》な予感がする……。

「お前、親父《おやじ》と会ったんだろ？　ドワーフの里で」

「ええ、まぁそうですね」

会ったというか、ボロックさんとは一ヶ月ぐらい一緒《いっしょ》に生活していたし。

「黄金竜の巣へ続く道はな、ドワーフの里の近くにあんだよ。あそこには死の洞窟《どうくつ》やらヤベー場所もあるから昔からずっと秘密にされてたんだ」

「そうでしょうね」

「そんな場所にお前が現れた」

「……」

もう、思いっきり、なにが言いたいのか分かってきた。

まぁ確かに、おかしいよなぁ……。

「それに親父を救ってくれた回復魔法《まほう》の腕《うで》や、親父の推薦《すいせん》もある。それらを総合して考えるとお前が適任だ」

「なるほど……」

「まっ、お前が何者なのかは知らねぇが、親父が大丈夫《だいじょうぶ》だと言うなら大丈夫なんだろうさ」

「……」

ん～これはもしかして、僕は最初から警戒《けいかい》されていた？

ボロックさんの手紙に全《すべ》て書かれていたからこうなったのか、あの手紙でボロックさんがとりなしてくれたからこれで済んでいるのか。とりあえず秘密保持のための口封《くちふう》じ的な展開にはなっていないのでボロックさんには感謝しておくべきなのだろうか？　難しいところだ。

「出発は二日後だから準備しておけよ。分からないことがあればミミに聞け。分かっているとは思うがこの任務は極秘だからな」

「分かりました」

そうしてクラマスの部屋から退出した。

◆　◆　◆

「すみません、属性武器の作製をお願い出来ますか？」

「おや、あんたかい」

黄金竜の巣を探索《たんさく》するための準備を考えていて真っ先に思い浮かんだのは属性武器の作製だった。

他にももっと重要な準備はありそうだけど、騎士《きし》団の練習を見ていて僕も魔法武器とか属性武器に触《ふ》れてみたくなったのだ。

魔法武器に関してはお金が足りないし、どこで手に入るのかも分からないけど、属性武器に関しては材料があるので金貨一〇枚で作ってもらえる。今は丁度、公爵様からの報奨金《ほうしょうきん》も入ったのでお金もあるしね。

なのですぐにドワーフの武器屋に向かったのだけど、親方から「ウルケ婆《ばあ》さんの店に直接頼《たの》め」と言われたのだ。属性武具は錬金術師《れんきんじゅつし》が作るので、素材があるなら錬金術師に頼むのが早いらしい。

「この武器とDランクの闇水晶《やみすいしょう》で明日までに作ってほしいのですが、大丈夫ですか？」

「こりゃまた珍《めずら》しい素材を持ってきたものだね。まぁ、これならすぐに作れるが、金貨八枚だ」

思ったより安い。金貨二枚分は武器屋を通した時に取られる手数料的な感じかな。

財布《さいふ》にしている布袋《ぬのぶくろ》から金貨を取り出してカウンターテーブルに並べた。

ウルケ婆さんはそれをしまうとテキパキと準備を始めた。

「いいかい、属性武器にするってことは武器に属性を融合《ゆうごう》させるということだからね。一度属性を付けてしまえば二度と取り外し出来ないよ」

「はい、分かりました」

属性を付けたり外したりしたくなるモノなのだろうか？　……いや、確かに貴重な高い剣《けん》にBランクの魔結晶で属性を付けた後、Aランクの魔結晶を手に入れたりしたら後悔《こうかい》するかも。そう考えるとDランクの魔結晶で属性を付けるのってもったいないのかな？　せめてCランクの魔結晶で作るべきなんだろうか？　でも、そんなモノいつ手に入るか分からないし、お金もない。今はこれしかない、か。

そんなことを考えている間にウルケ婆さんは闇魔結晶を手に取り、刀身に押《お》し当てていった。すると以前見た時と同じように、ウルケ婆さんの指先から赤紫《あかむらさき》の紐《ひも》が出てきて短剣と魔結晶に絡《から》みつき、そして魔結晶がズブリと沈《しず》み込《こ》んだ。

闇水晶の短剣が闇色に輝《かがや》く。

「これは凄《すご》いね。Dランクの魔結晶でここまでエーテル化が進むとは、やはり水晶は魔力との相性《あいしょう》が良いよ」

「エーテル化？」

「そうさ。これは武具と属性の融合なんだ。より魔力との相性が良い素材と、より高濃度《こうのうど》な魔結晶を融合させるほど、その存在はエーテル化──つまり、より魔力に近い存在になるのさ。聞いた話では、最高の素材と最高の魔結晶で作った属性武具は完全にエーテル化し、物理的な存在ではなくなると言われているがね」

「物理的な存在では、なくなる？」

なんだか話が難しすぎてよく分からない領域に入ってきた。

物理的な存在ではなくなるとは、つまり実体がなくなる？　存在する物ではなくなるということだろうか？　それって武具なのか？　どこぞの裸《はだか》の王様が着ている透明《とうめい》な服と変わらないのでは？

でも確かに、闇水晶の短剣の透明感が増したような気がする。色は薄《うす》くなってないけど、まるで存在感が薄くなったような感じ。これが物理的な存在ではなくなっていく、ということなのかな？

「ほら、持っていきな」

「あっ、はい！」

カウンターテーブルに置かれた闇水晶の短剣を手に取る。すると、剣に淡《あわ》く黒いオーラのようなモノが薄くまとわりついてきた。

これが闇属性の魔力なんだろうか？　先日見たダリタさんの剣と雰囲気《ふんいき》が似ている気がする。

普段は普通の剣っぽいのに、人が持つと色付きのオーラを纏《まと》うところとか。

凄く気になって、恐《おそ》る恐る刀身に触《さわ》ってみた。が、なにも起こらない。

「あぁ、あんたは魔力が見えるんだったね。その剣を覆《おお》っている魔力に実害はないよ。魔力は魔法じゃあない。例えば火の属性武器を触っても別に火傷《やけど》したりしないからね。大体、そんな影響《えいきよう》があれば防具を属性武具化出来ないじゃないか」

「なるほど……確かにそうですね！」

あぁ、そうか。この黒いオーラみたいなの、他の人には見えてないんだ。

見えるのは魔力が見える目を持っている人だけ。普通の人には属性武具も普通の武具もほとんど同じに見えるんだね。

「でも、武器としての能力はちゃんと上がっているから安心しな」

「はい！」

ウルケ婆さんにお礼を言い、店から出た。

今はすぐにでもこの属性武器を試《ため》してみたい！　……けど今はそれよりも準備をしないとね。

市場に向かい、乾燥肉《かんそう》とか保存食を多めに買い込んでいく。

今回は非常用の食べ物と塩の補充《ほじゅう》ぐらいにして葡萄酒《ぶどうしゅ》は少なめにしておく。最悪、水はなんとかなる目処《めど》は立ったし、食料なんかはパーティで用意するらしいからだ。

「あとは、なにか必要な物は……と」

野営に必要な準備はランクフルトで大体揃《そろ》えてるし、他に必要な物はないと思うけど。

「こんなものかな？　よしっ！　試し斬《ぎ》りに行こう！」

南門から外に出て、近くにある森を目指す。

相変わらず草を刈《か》り取っている冒険者《ぼうけんしゃ》が複数いるので、マギロケーションで周囲を確認《かくにん》しながら人の気配がないエリアに移動した。

周囲を目視でも確認し、腰《こし》の短剣を引き抜《ぬ》いて魔力を流していく。

淡い闇色のオーラに包まれた闇水晶の短剣が次第《しだい》に黒いオーラを帯びていった。

「ふむ……」

確か属性武器化する前は赤黒い魔力の色を纏っていたけど、今回は黒い闇の色を纏っている。

「これは、闇属性の魔力が流れるようになってる？」

闇属性の魔力に変換《へんかん》されているのか、そのあたりの仕組みはよく分からないけど、属性武器化し

たことで魔力を流すと自動で闇属性の魔力になるようだった。確かにこれではその属性以外の魔法は使いにくそう。

「光よ、我《わ》が道を照らせ《光源》」

闇水晶の短剣の剣先から光源の魔法を発動しようとしてみる。

「……？」

しかし、魔力が短剣のグリップに到達《とうたつ》した瞬間《しゅんかん》、魔力が止まってしまい、魔法が発動しなかった。確か属性武器化する前は使いにくいけど辛《かろ》うじて魔法は発動出来ていたのに、今回は発動すら出来ないようだ。

次に魔法袋からオリハルコンの指輪を取り出して装着する。

「闇よ、我が身を掴《つか》め《重量軽減》」

とりあえず近くにあった岩に向けて剣先から闇属性の重量軽減を使ってみると、前に使った時よりすんなりと発動するような感覚があった。

「なるほどな～」

これは完全に闇属性専用の武器になったっぽい。はっきり言って僕とは一番相性が悪い無縁《むえん》の武器な気がする。……なんでこんなモノを作ってしまったのだろうか？　金貨八枚も使って。いや、単純に興味が湧《わ》いてしまったからだ。これは仕方がない。

気を取り直し、闇水晶の短剣に魔力を流していく。そして一〇センチぐらいの木に向かい、真横から振り抜いた。

スパンという軽い音と共に両断された木が地面にドスンと落ちて倒《たお》れる。

「うん、確かに威力《いりょく》は上がっている」

以前より抵抗《ていこう》なく切れるようになっている気がする。Ｄランクの魔結晶でこれなら多くの武人が属性武器を求めるのも分かる気がするよね。

やっぱり属性武器を作ったのは正解だろう。確実に戦力はアップしたしね。

それから一人でモンスターを狩《か》りに行き、この日は満足するまで試し斬りした。


翌日はサイラスさんらと打ち合わせをしたり買い出しをしたり、資料室で黄金竜や黄金竜の巣に関しての情報を集めて過ごし、その次の日の朝、四人で揃ってクランハウスを出た。

念の為《ため》、サイラスさんに確認しておく。

「待ち合わせ場所は東門から出た先にある大きな木の下で間違《まちが》いないよね？」

「あぁ、それで間違いない」

町中で集まるのは目立つということで、町の外で待ち合わせをすることになっているのだ。

町中を進み、東門を抜け、暫《しばら》く進むと大きな木の下に一台の馬車が停《と》まっていた。

シンプルな幌《ほろ》馬車で、商人が荷物を運ぶ時に使う馬車っぽい、どこでも見るやつ。

「来ましたね。とりあえず乗ってください」

幌馬車に近づくと中から顔を出したミミさんがそう言った。

それに頷《うなず》き、馬車に乗り込んでいく。

どうやら僕達が最後らしく、僕達が乗るとすぐにミミさんが御者《ぎょしゃ》に合図を出し、馬車がゴトリと動き始めた。

「全員揃いましたので、改めて今回の任務について説明しておきますね」

と、ミミさんが説明してくれた内容は以下のモノだった。

今回の任務は黄金竜の巣の探索。

黄金竜の巣とその周辺を調べ、黄金竜が飛び立った原因を探《さぐ》る。

黄金竜の素材を持ち帰る。

あとは優先度は低いけど、黄金竜の巣の周辺のモンスターや植生などを調べること。

帰ってきた黄金竜を刺激《しげき》しないように、出来る限り痕跡《こんせき》を残さないこと。

今回の任務に関する話は外部には漏《も》らしてはいけないこと。

その後、ミミさんが軽くメンバーの紹介《しょうかい》をしてくれた。

まず僕達四人。それにミミさんとゴルドさん。ここまでがクランからのメンバーで、公爵家からはダリタさんとトリスンさん。モス伯爵《はくしゃく》。そしてザグさんという名の細身でヒョロっとした男性が御者をしていると紹介されると、前方の御者台の方から印象の薄い顔をした男性が顔を出し、軽く目礼した。

「大まかには以上です。なにか質問はありますか?」

「あの、食料などはどうするのですか?」

気になったので聞いてみた。

　というのも、馬車の中には僕達一〇人がいるだけで、それぞれ背負袋《せおい》やリュックサック的な鞄《かばん》は持っているものの、物資的なモノが見当たらないからだ。

「食料に関しては私が魔法袋で持ち運んでいますので安心してください」

「あぁ、なるほど」

　そうか、魔法袋か。

　他の人が魔法袋を使っているところをあまり見たことがなかったので頭の中から消えていたけど、やっぱりクランとか公爵家にはこういう時に使うように魔法袋は準備してあるのだろうね。

　しかし驚《おどろ》いたのはダリタさんだ。まさかダリタさんが来るとは思わなかった。公爵家の令嬢《れいじょう》がこんな任務に参加するとは。……いや、彼女《かのじょ》は『令嬢』という感じではないけどさ。

　そう思ってダリタさんを見たら、彼女と目が合ったので軽くお辞儀《じぎ》をすると、ダリタさんはイタズラっ子のような目をしたまま口を開いた。

「父上がなにやら面白《おもしろ》い話をしていたからな、強引《ごういん》にねじ込んでやった！　黄金竜の巣なんてこれを逃《のが》せば一生見れねぇしよ！　だが、それでセム爺《じい》まで引っ張り出しちまったぜ！」

　と言って豪快《ごうかい》に笑う彼女の横でセム爺ことモス伯爵が腕を組みながら軽く息を吐《は》き、ゴルドさんが「相変わらずお転婆《てんば》な嬢ちゃんだぜ！」と笑った。

　どうやら僕達以外は昔からそれなりに面識があるっぽい。

　まぁそれもそうか。と思いながら背もたれに体重を預ける。

　僕は少し前にここに来たばかりだけど、身分と実力のある彼《かれ》らはそれなりにこの町では関《かか》わることが多くて繋《つな》がりがあるんだろうね。

と考えながらシームさんを見ると、サイラスさんの肩《かた》に頭を預けながらグースカ寝《ね》ていて、ルシールの方を見ると、彼女は本を読んでいた。

どうりで静かだと思ったよ！　でも、いくら本が好きとはいっても馬車内で本なんて読んだら乗り物酔《よ》いするよ？

それにしても……。

「なんでミミさんはここでもメイド服なんだろ？」

隣《となり》のサイラスさんを見ると、彼は「さぁ？」と言って肩をすくめた。

◆　◆　◆

「着きました」

ゴトゴト馬車に揺《ゆ》られて数時間、気が付くとなんだか見覚えのある村に着いていた。

ここはタンラ村、僕がボロックさんと会った洞窟から出て最初に立ち寄った村だ。

「少し荷物の受け取りがありますので、暫く自由にしていてください。あまり目立たないようにお願いします」

そう言ってミミさんは馬車を降り、どこかに行ってしまった。

あまり目立たないように、と言われても商人でもなさそうなこの人数の団体が村に現れたら嫌でも目立つ気がするけど。と思いながら僕も馬車を降りると、他の皆《みな》もゾロゾロと降りてきて体を伸《の》ばしたり商店に入ったりと自由に行動し始めた。

目立たないように、とは？

僕も以前に利用した商店をチラ見してみる。

店の角に吊《つ》るしてある不快な白い輪切りの乾物《かんぶつ》が目に入った気がするけど、記憶《きおく》からデリートしておく。

そうしていると、ルシールがどこかに歩いて行こうとするのが見えた。

「どこ行くの？」

「お母さん」

「んん？」

「実家がある」

「えぇ！」

ということは、僕が幽霊《ゆうれい》と間違えた例の人か……。やっぱりあれは勘違《かんちが》いだったんだよね、ということを改めて実感する。

あの幽霊――彼女は、誰《だれ》だったのだろうか？

そして、ルシールのお母さんも少し気になる。

「それ、僕もついて行っていいかな？」

「……そうね、それがいいかも」

了解《りょうかい》を得て、彼女に続いて進んでいると、ルシールはとある食堂の中に入っていった。

この店は……なんとなく嫌な思い出が蘇《よみがえ》りそうになるぞ。

「お母さん」

「ルシール！　帰ってきてたの」

食堂の中で料理を運んでいた女性にルシールが話しかけると、その女性が走り寄ってきてルシールを抱《だ》きしめた。

歳《とし》は三〇とかそれぐらいに見える。黒髪《くろかみ》でルシールによく似ていて、若い頃《ころ》は前公爵が惚《ほ》れ込んでもおかしくないぐらいの美人だった雰囲気は残っていた。そういえば、前回この店に来た時もこの人を見たかもしれない。

「お母さん。……お父さんのこと、分かった」

「えっ……どうして」

ルシールは例の日記帳を母に手渡《てわた》した。

「これは……」

彼女は受け取った日記帳をパラパラとめくっていく。

「そうなの……そうだったの……」

一ページ、一ページめくっていくたび、彼女の目は潤《うる》んでいった。

「彼が、それを見付けてくれた」

ルシールはそう言って僕を紹介したので、軽く頭を下げる。

ルシールの母は、少し複雑そうな顔をして「ありがとうね」と僕に言った。そして彼女、メリナさんはルシールの方を向き、言葉を続けた。

「でもね、あなたには知られたくなかったのよ……」

「……分かってる。でも、私は知れて良かった」

メリナさんは「そう」と言い、またルシールを抱きしめた。

「お母さん。それ、お母さんが持ってて」

「……いいのかい？」

「私は全部、覚えたから」

「ふふっ、あなたらしいわね」

メリナさんはそう言いながらクスリと笑う。

メリナさんからすると、面倒《めんどう》なことに巻き込まれかねないからルシールには黙《だま》っていたのに僕が教えてしまうし、でも前公爵の日記で彼の考えていたことが分かる嬉《うれ》しさもあり、複雑なんだろうなと思う。

僕としては、メリナさんという人物が実在していることが確認出来て良かった気がする。

それからメリナさんの引き止めを丁重《ていちょう》に断り広場に戻《もど》った。

暫くするとミミさんが戻ってきて「それでは行きましょうか。ここからは歩きです」と言った。

どうやらザグさんはこの村で馬車の番をするらしく、ここでお別れとなるようだ。

九人で村を出て、ドワーフの里に続く洞窟がある道を進んでいく。

まさかここにまた戻ってくるとは思ってなかった。いや、戻ってくることがあればいいなと思って目印はつけていたのだけどさ。

「確かこの辺りのはずなのですが……」

「あぁ、ここですよ」

そしてさっそくその目印が役に立った。

太い幹を持つ大きな木につけられたバツ印の傷だ。

「なるほど、そういえば……ルークさんはそうでしたね。助かります」

地図を見ながら先頭を歩いていたミミさんはそう言ってバツ印のある木の脇《わき》を通り抜け、森の中へ入っていった。それに全員で続き、暫く歩くと例の洞窟の入口が見えてきた。

懐《なつ》かしいかも。以前はここでシオンが遊んでいて、例のヤツを発見した。僕も久し振りに見た太陽が眩《まぶ》しかった記憶がある。

「ルークさん、光源の魔法をお願い出来ますか？　私は苦手なもので」

「分かりました。光よ、我が道を照らせ《光源》」

ミミさんは光源の魔法が空中に浮かぶのを確認すると振り返る。

「それでは洞窟に入りますが、準備はよろしいですか？」

「あぁ」

「問題ない」

「大丈夫です」

その声を確認すると、ミミさんは軽く頷き洞窟の中へ足を進めていった。

◆　◆　◆

「ここは……右ですね」

先頭を歩くミミさんが地図を見ながら先導してくれている。

この洞窟は昔、坑道《こうどう》だっただけあって中が複雑に入り組んでいるので地図がないと迷ってしまう。

以前、ボロックさんにドワーフの地図記号的な印の読み方を教えてもらったけど、あれは出口の方向を表しているモノだし、あれを逆に辿《たど》ってもドワーフの里に行けるとは限らない。

「モンスターがいます」

ミミさんが暗闇の先を見ながら立ち止まった。

「数は？」

「三体、ファンガスでしょう」

「そうか」

ゴルドさんはそれだけ聞くと、スタスタと歩いていってしまう。

他の皆もそれを聞き、なにもないかのように進んでいく。

ファンガスか、懐かしい……ドワーフの里にいた頃は主食であり、そしてメインディッシュだった……。やっぱりあまり思い出したくない記憶かもしれない。

しかし、ミミさんはどうやって暗闇の中のモンスターを把握《はあく》したのだろうか？　暗闇の先はなにも見えず、音も聞こえなかったと思うけど。

「ふんっ！」

前方ではゴルドさんがファンガスに回し蹴《げ》りからの裏拳《うらけん》とストレートの三連コンボで剣を抜くまでもなく三体のファンガスを倒していた。

ミミさんが言った通り本当に三体のファンガスがいた。ゴルドさんも他の人もそれを疑う素振《そぶ》りもなかったし、ミミさんにそういう能力があることは理解しているのかも。

「魔石だけ抜いて先に進むぞ」

「そうですね」

フィールドにいるモンスターを倒した場合、その死体が他のモンスターの餌《えさ》にならないように埋《う》めたりして片付けるのがベストだけど、それが無理な場合は魔石だけは抜いておくのが原則ルールみたいになっている。魔物の体内に魔石を残すとアンデッド化する場合があるからだ。

それから何度かファンガスを倒しながら洞窟を進んでいたけど、その度《たび》にゴルドさんらが瞬殺してしまう。しかしこの中で一番の新人である自分がなにもせずに楽をしていて良いものなのか？と思ってきて、若干《じゃっかん》居心地《いごこち》が悪く感じてきたので前に出て戦闘《せんとう》に参加してみようとしたところ、思わぬところから声がかかった。

「おう、魔法使いは前に出るんじゃねぇ」

モス伯爵だった。

なにか反論しようかと思ったけど、伯爵相手には得策ではない気がして素直《すなお》に「はい」と答えて引き下がることにした。

そういえば、僕はソロでずっとやってたしパーティの時でも前に出て戦っていたけど、完全な後衛職として扱《あつか》われたことはこれまでなかった気がする。

なんだか少し新鮮《しんせん》な気がするけど、それはこの世界では『魔法使いは軽装しか無理！』みたいなRPGあるあるルールがないため、魔法が使えても守備力を上げるために鎧《よろい》は着るし。『杖《つえ》がなければ魔法が使えない！』といったファンタジーあるあるルールも存在しないため、魔法が使えても剣や槍《やり》を持つのが冒険者の間では常識となっていたからだ。

つまり冒険者の間では前衛後衛という概念《がいねん》があまりはっきりしてなくて、誰でも多少は前で戦えないとダメだと思われている。

でも、上位の魔法使いの中には完全に後衛に特化している人がいたり、軍隊などでは前衛と後衛を分けて運用するため、魔法使いが後衛に特化してる場合もある的な話は聞いたことがある気がする。なので騎士団に所属しているモス伯爵がそういった認識であるのはおかしくはないのだけど――と考え、気付いてしまった。

僕って鎧は着てるけどローブ姿だし、腰に短剣があるとはいえ槍が壊《こわ》れてからは杖を持ってるし、これって明らかに後衛仕様だよね？　モロに魔法使いですよ！　ってな感じの！　これは完全に後衛タイプの魔法使いだと思われても仕方がないのでは？

そういえばこの前、騎士団の練習を見学した時もこの格好だった。モス伯爵からすれば『魔法使いの子供が騎士団の見学に来た』という認識になるだろうし、下手したら『魔法使いが暇潰《ひまつぶ》しに冷やかしに来た』的なネガティブな感じに受け取られていてもおかしくない。そう考えるとあの時のモス伯爵の態度が冷たくそっけなかったのも理解出来る。

「そりゃ『戦いを挑《いど》まれるイベント』は起きないよね……」

練習を見に行ったら『お前もやってみろ！』的な展開になって練習試合が始まる、みたいな定番イベント。

僕が普通の冒険者の格好をしていたらそういう展開もあったかもしれないけど、この姿の僕相手じゃ仮に勝ったところで魔法使いの子供を剣術の練習試合でボコボコにしただけになる。名誉《めいよ》マイナス一〇〇点で恥《はじ》になるだけで、それは流石《さすが》にやれない。

このすれ違いを解消した方がいい気がするけど、どう言えばいいのかが分からない。そもそも僕の考えすぎな気もするし、難しいなぁ……。

そうこう考えながら歩いて数時間。周囲の空気が湿《しめ》り気を帯び、大きな水の音が聞こえてきた。

「そろそろですね」

通路を右に曲がると、道の先に見える物凄い勢いの水しぶき。

「凄いな……」

「本当にここを通るのか？」

懐かしい。なんだか帰ってきた感があるよね。

以前、ここを通ってきたから知っているけど、あの水しぶきの先は滝壺《たきつぼ》で、その先にボロックさんが住むドワーフの里があるのだ。

「この先の滝は一定周期で水が止まり、道が出来るようになっています。計算によれば、それは日が変わる頃のはず。それまで各自、休憩《きゅうけい》していてください」

そう言ったミミさんはメイド服のポケットの中から巾着《きんちゃく》袋を取り出すと、その中から物資を取り出し始めた。

どうやらあれがミミさんの魔法袋らしい。魔法袋には決まった形はないらしいけど、僕のとは随《ずい》分《ぶん》形が違うんだよね。

皆それぞれ地面に座《すわ》ったり寝転んだりして休憩しているので僕も背負袋から外套《がいとう》を出して地面に敷《し》き、その上に座った。

「遠い～」

シームさんが地面にドカッと腰を下ろしながらそう言った。

確かに、もうアルノルンを出てから一〇時間以上は経《た》っている気がする。

「資料によると、まだ半分も来ていない」

「えぇ～そんなぁ……」

ん～確かに、まだドワーフの里にすら着いてないし、まだまだ先だよね。それよりも。

「資料によるとって、そんな資料あるの？　ここって極秘じゃなかった？」

そう聞くとルシールは少し考えるように首を傾《かし》げ「極秘資料を読んだ」と言った。

なんだか気になるような、深く聞かない方がいいような……。

ふと聞き慣れないカチッという音がして顔を向けると、ミミさんが四角い箱の上に鍋《なべ》を載《の》せ、箱の側面についている丸い突起物《とっきぶつ》を指で押し込んでいるところだった。

そして箱の上部から吹《ふ》き出す炎《ほのお》。

「あれはっ！」

急いで駆《か》け寄り、観察する。

一辺が三〇センチほどの四角い金属の箱で、高さが一〇センチぐらい。上部には五徳のようなモノがあって火が吹き出している。これは——

「ルークさん、食事はまだ出来てませんよ？」

「あのっ、ミミさん！　これは⁉」

「これですか？　これは魔道具の一種で『コンロ』と呼ばれています」

「コンロ？」

これは日本語か？　もしかして、転移してきた日本人が開発したのだろうか？

「どこでもすぐに火が使えて便利なのですが、魔石の消費も多く一般《いっぱん》的には使われていないので、珍しいかもしれませんね」

「これ、誰が開発したのか、ご存じですか？」

そう聞くとミミさんは少し考えた後「そこまでは分かりませんね」と答えた。

名前的に開発者か、もしくは名付け親が日本人で間違いないはず。こんなところで同じ転生者の痕跡を見付けるとは……。

「スープが出来ましたので、取りに来てくださいね」

気が付くと、コンロの上の鍋の中から美味《おい》しそうな匂《にお》いが漂《ただよ》っていた。

「旨《うま》そうだ！」

「外で温かいスープをいただけるのはありがたいですね」

ダリタさんとトリスンさんが持ってきたカップにスープを注《つ》いでもらっている。

僕も背負袋の中からカップを取り出し、ミミさんに注いでもらう。そして手渡された黒パンをスープに浸《ひた》して口に放《ほう》り込んだ。

もしかして、コンロを開発したのはマサさん達の誰かなのだろうか？　その可能性は否定出来ないけど断言も出来ない。転生する前のあの白い場所には僕達の他にも日本人がいたらしいし、そもそも僕達の前に転生してきた日本人がいる可能性も普通にあるのだ。

でも、調べてみる価値はありそうだ。

それから数時間後、急に滝の水が止まり、洞窟の先が見えるようになった。

「行きましょう」

ミミさんに促《うなが》され全員で洞窟の外に出ると、いつか見たあの景色が広がっていた。

真っ暗闇の中、断崖絶壁《だんがいぜっぺき》に囲まれた滝壺と、それを淡く照らす二つの月。少し恐ろしくもあり、美しい光景。

また、ここに戻ってきたのだ。

「うわぁ……」

「本当に水が止まったのか？　どういう仕組みなんだ？」

全員、周囲をキョロキョロと見回しながらも向かい側の崖《がけ》にある洞窟へ進んでいく。

そしてそのまま暫く道沿いに洞窟を歩くと、ついにドワーフの里が姿を現した。

本当に懐かしい。まさか本当にまた戻ってくるとは思わなかった。

真っ暗闇の中、光源の魔法の明かりを頼《たよ》りに石造りの家が立ち並ぶ道を進むと、ただ一軒《けん》、木の窓の隙間《すきま》から光が漏れている家があった。この家のことはよく知っている。ボロックさんの家だ。

光が漏れているということは在宅中なのだろう。

ミミさんがその家の扉《とびら》をコンコンとノックすると、中から人の気配がしてドアが開き、懐かしい顔が現れる。

「騒《さわ》がしいと思うたら、お前さんかい」

「ボロック様、お久し振りでございます」

「こんな大人数で、一体どうしたのかの？　っと、ゴルドも、モス伯爵も……ルークまでおるのか？」

「お久し振りです、ボロックさん」

「こりゃまた、ただごとではないのぉ……まぁええわい。とりあえず入りなさい」

◆　◆　◆

「なるほどのぉ、黄金竜が……。どうりで洞窟の雰囲気が変わったわけじゃ」

ミミさんが今の状況《じょうきょう》を一通り伝えると、ボロックさんはそう言って大きく息を吐いた。

そして僕達の顔を見回しながら言葉を続けた。

「それで、黄金竜の巣に入りたいから案内しろ、という感じかの？」

「概《おおむ》ねお察しの通りです」

「ふむ……」

そうつぶやいた後、ボロックさんはなにかを考えるように難しい顔で腕を組みながら髭《ひげ》を触った。

「どうしたんだよ、ボロックの爺さん。なにか問題でもあんのか？」

なんだかスッキリしない感じのボロックさんに苛立《いらだ》ったのか、ゴルドさんが声を上げる。

「問題もクソもないわい！　あの場所は、無闇矢鱈《やたら》に立ち入ってよい場所ではないんじゃ。それが分からんのか？」

「おいおい、あの場所への道を見付けた張本人がなにを言ってんだか」

「それは……ワシも若かったんじゃよ」

「ボロック様、黄金竜の巣に行けない理由でもあるのでしょうか？　確かに黄金竜の巣の重要性と危険性は理解しているつもりですが、今はその黄金竜もいませんし。今回の調査は公爵様からの直接の依頼ですので、このままなにもせずに帰るわけにもいかないのですが……」

ミミさんが少し困惑《こんわく》したような顔でそう言った。

ミミさんのこういう顔は初めて見たかもしれない。

「……本当に公爵自身が決めたのかのぅ？」

「ボロック殿《どの》、それは俺《おれ》が保証する。確かに公爵閣下が決めたことだ」

　モス伯爵が力強く断言した。

「……エルクのやつ、自分の息子《むすこ》になにも話さずに逝《い》きおったな。あれだけここのことは次代に語り継《つ》ぐように言っておいたのに……そうか、確かあいつは突然死。それで引き継ぎが――」

　エルク、というのは確か前公爵の名前だったはず。例の日記も突然、更新《こうしん》が途絶《とだ》えて終わっていた。ルシールの存在はそのせいで公表されなかったはずだ。

　しかし、黄金竜の巣とは、どんな場所なのだろうか？　どんどん興味が膨《ふく》らんできた。

「仕方があるまい。案内はしてやろう。しかし各々《おのおの》、あの場所のことは決して漏らすでないぞ？　そして公爵にことの仔細《しさい》を必ず報告するのじゃぞ」

　ボロックさんは「用意してくるわい」と言って部屋の奥《おく》へと引っ込んでいった。

　その背中を見送ったゴルドさんが疑問を口にする。

「おい。黄金竜の巣ってよ、黄金竜を刺激しちゃマズいから立ち入り禁止なんだよな？」

「はい。私はそう聞いてますね」

　その問いかけにミミさんが答えた。

　顔を見合わせた二人はダリタさんの方を見る。

「いや、あたしも父上からはそう聞いていたがよ。セム爺はどうなんだ？」

「俺も同じ……。いや、確か先代が『黄金竜の巣には問題が多い』とかなんとか言っていたか……」

　う～ん、なんだか予想とは少し違う方向に話が進んでいるような気がするのだけど、気のせいだろうか？

　整理しよう。

　黄金竜の巣は黄金竜の素材、主に鱗《うろこ》や毛などが落ちている宝の山。

　しかし黄金竜を刺激すると危ないので普段は立ち入り禁止。

　そもそもボロックさんしか道を知らないので普通は入れない。

　今は黄金竜が留守なので巣の中に入っても比較《ひかく》的安全である可能性が高い。

　過去にボロックさんが成功させたという実績もある。

　むしろ調査と素材の回収が出来る今のタイミングは大チャンス。

　だけどボロックさんが嫌がるということは、他になにか問題でもあるのだろうか？

　う〜ん……。


「では行くかの」

　そんなこんなでボロックさんを連れてドワーフの里を出て、道を引き返す。

　どうやら黄金竜の巣に続く道があるのは例の滝の付近らしい。

「ボロックさん、お久し振りです」

　こちらに戻ってきて色々と立て込んでいてちゃんと挨拶《あいさつ》出来ていなかったので、洞窟を進みながら改めてボロックさんに挨拶する。

「おぉルーク、久し振りじゃな。またこんなもんに巻き込まれおってからに……」

「いやいや、ボロックさんが推薦したからじゃないですか」

こんな重要そうな任務に抜擢《ばってき》されたのは大体ボロックさんのおかげだ。ボロックさんが手紙に色々と書かなければこうはなってなかっただろう。

「ボロックさん、なんで僕をクランに推薦したんですか？」

「……あんな凄い回復魔法を持つお前さんを見過ごすわけにはいかんじゃろうて」

まぁ、それはそうかもしれない。魔法では治らないとボロックさんが言っていた死の粉の病《やまい》を治してしまったのだから。

僕もボロックさんにおかしいと思われる可能性は考えていた。でもボロックさんを見捨てるという選択《せんたく》はなかったし、仮におかしいと思われても山奥に隠居《いんきょ》しているボロックさんではそこまで影響はないと考えていたし、仮にボロックさんが影響力を持っていたとしてもアルノルンの町からはすぐに発《た》つつもりだったので、そこまで問題はないだろうと考えていた。

結局、問題大アリだったのだけど。

「ボロックさん、黄金竜の巣にはなにがあるのですか？」

今現在、気になっていることを聞いてみる。

「……ここで言っても信じられんじゃろう。ここまで来てしもうたなら実際に見てみるのが分かりやすいわい。じゃがの、ここで見たモノは誰にも言うでないぞ？」

ボロックさんはそう言うと、また前を向いた。

う～ん、これはなんだかちょっと面倒そうな感じがするけど、どうなのだろうか？

「ここをこうして……こうじゃったかの？」

ドワーフの里からまた滝を越え、洞窟を暫《こ》く歩いた場所。その壁《かべ》にある出っ張りに足を掛《か》け、ヒョイヒョイと登ったボロックさんが天井《てんじょう》部分にある岩をグイッと押すと、その岩がゴリッと横に動いて上に続く道が現れた。

「こっちじゃ」

ボロックさんはそう言うと天井の穴の中へと消えていった。

それに続いて皆も登っていく。

これはマギロケーションを使っていたら気付けただろうけど、前にこの洞窟に来た時はこちらの方向へは来なかったし、仮に前回ここを見付けて寄り道してたら、それはそれでとんでもないことになってたかもね。

「んな場所に隠《かく》し通路、掘《ほ》ってたのかよ！　暇《ひま》すぎるだろ」

「余計なお世話じゃわい！」

光源の魔法の光に照らされた穴の中は意外と広く、螺旋《らせん》階段のような形で上へと続いていた。

「じゃあなんでこんなモンを掘ろうとしたんだよ？」

「ワシはただ、滝の上がどうなっておるのか確かめたかっただけなんじゃ。黄金竜の巣への道を見付けたのは偶然《ぐうぜん》に過ぎん」

全員で階段を上っていく。

階段の中は人の手が入っていなかったからか、蜘蛛《くも》の巣が張っていたり、地面が苔《こけ》むしていたりして少し歩きにくい。

そんな場所を暫く上っていくと、ついに行き止まりに辿り着く。

「よっこらせっと」

先頭のボロックさんが天井の岩を横にゴリゴリッと押すと、天から淡い光が差し込んできた。

月の光だろうか？

「出たところで休憩にするぞい。ここからは夜の内に進むのは危険じゃからの」

ボロックさんに続いて皆が外に出ていく。僕も続いて階段を上ると、そこには絶景が広がっていた。

正面には森と、巨大《きょだい》な山。月明かりに照らされたそれは恐ろしくも感じる。振り返ると二つの月。そして切り立った崖が下に続いている。ここはボロックさんが言ったように、さっきの滝の上なのだろう。

「なんだか凄いところに来てしまったかも」

そう思いながら、その日は眠《ねむ》りについた。


翌朝、目覚めて軽く朝食。

周囲を見渡すと、朝日に照らされた水の涸《か》れた川と滝。本来ここには大量の水が轟音《ごうおん》と共に流れ込んでいるはずだけど、今はその水が止まっている。何度見ても不思議な光景だ。上流にダムでもあるのだろうか?

朝食後、すぐに出発。

どうやら川沿いに森を越えて北側、山の方へ向かうらしい。

「ボロックの爺さんよぅ、この森のモンスターはどんなだ?」

「基本はキノコ系と虫系じゃがの、奥に行けばドラゴン系とアンデッド系もおったわい」

「ちっ、アンデッド系か。厄介《やっかい》じゃねぇか」

「Aランクがそれぐらいで弱音を吐くんじゃないわい」

「へいへい」

キノコ系は下の洞窟に出てきていたし、虫系は麓《ふもと》の村の近くに出てきていた。もしかするとあのファンガスやエルキャタピラーはここから落ちてきたのかもしれないね。そしてここが『竜の巣』と呼ばれる地域であることを考えるとドラゴン系が出てくるのも理解出来る。アンデッド系はよく分からないけど。

ということを考えながら森の中を歩いていると、ある地点でボロックさんがピタリと動きを止める。

「ダンジョンに入ったのぅ。ここからは慎重《しんちょう》にな」

ダンジョンに入った? とは? と考えながら進むと、ある地点からヌルッと、ぬるま湯に浸《つ》かるような不思議な感覚があり、周囲の空気が変わったのが分かった。

その不思議な感覚に戸惑《とまど》って周囲を見ても、なにかが変わったような感じはしない。

「キュ？」

フードの中で寝ていたシオンが起きてきて、僕の肩の上でキョロキョロと周囲を確認している。

どうやらシオンも不思議なナニカを感じたみたいだ。

それを撫《な》でながら考えていく。

しかし、よく分からない。今まで二つのダンジョンに入ったことがあるけど、こんな変なモノは感じなかった。これまでのダンジョンとは根本的になにかが違う気がする。

なんだかよく分からなくて、隣を歩いていたルシールに聞いてみた。

「ルシール、ここってダンジョンなの？」

「冒険者の間ではダンジョンと呼ばれている」

「冒険者の間では？」

そう聞くと、ルシールは少し考えてから口を開く。

「強いモンスターが長期間同じ場所に留《とど》まると、そのモンスターから発せられた魔力が充満して魔力の濃《こ》いエリアが出来る、と言われている。そういう場所にはモンスターが集まりやすくなったり、モンスターが魔力によって強化されたりするから、冒険者の間ではダンジョンと呼ばれている」

ルシールはそこで言葉を切り、チラリとこちらを見てから続きを話す。

「ただし、学術的にはこういう魔力型ダンジョンは他のダンジョンとは別のモノだとする意見が多い」

「他のダンジョンて、あの地下に潜《もぐ》っていく感じのダンジョンだよね？　洞窟とかの」

「そう。それと裂《さ》け目型ダンジョン」

「裂け目型ダンジョン？」

聞いたことのない単語が出てきて、思わずルシールの方を見た。

「なにもない空間がいきなり裂けて出来るダンジョン」

「なにそれ怖《こわ》い……ダンジョンってそんなに色々あるんだ」

「私が読んだ本に書いてあったのは、迷宮《めいきゅう》型ダンジョンと裂け目型ダンジョンと魔力型ダンジョンだけ」

これまで入ったダンジョンは初心者ダンジョンとエレムのダンジョンだけど、それらは迷宮型ダンジョンだろう。そしてここは魔力型ダンジョン。ん～、同じようにダンジョンと呼ばれているけど、やっぱり別物な気がするよね。裂け目型ダンジョンは見たことがないから分からないけど。

しかし、裂け目型ダンジョンか。一度、見ておきたいかも。

「その、裂け目型のダンジョンってどこにあるのか知ってる？」

「アルメイル公爵が治めるアルッポの町にある」

「アルメイル公爵ってことは、アルノルンから近いってことかな？」

「まぁ、そう」

なるほど。意外と近い場所に裂け目型ダンジョンがあるらしい。行ってみたいけど、クランに所属している状況でそんなに自由に動いていいモノなのだろうか？

でも、これは今後の一つの目標として覚えておこう。

「モンスターじゃぞ」

ボロックさんが少し声を落としながらそう言った。

しかしボロックさんが見ている方向に顔を向けるが、なにも見えない。もう一度、よーく目を凝《こ》らして観察すると、森の中、一〇〇メートルぐらい先に緑色のカマキリがいた。が、そのカマキリはどう見ても体高が二メートルぐらいある。

ちょっと大きすぎる！　しかしボロックさんはよくあれをここから見付けられたよね。巨大なカマキリは動いていないし、緑色の体は周囲の草や木の葉に紛《まぎ》れてとても目視しにくいのに。

長年の勘なのだろうか。それともそういう技術があるのか。もしくは魔法か。ミミさんもそうだけど、何故か敵の位置を感じ取るような技《わざ》を持っている人が多い。

……そういや、ミミさんは今回、敵の存在に気付いていない様子だった。もしかすると、その辺りにヒントがあるのかもしれない。

「あれはキラーマンティスか。Cランクだな。俺が殺《や》ってもいいが……そうだな」

そう言ったゴルドさんは僕達を見た後、ダリタさんを見た。

「嬢ちゃん、アレを殺ってみるか？　昨日から戦いたくてウズウズしてんだろ？」

「お嬢様を煽《あお》るのは止《や》めていただきたい」

ゴルドさんの言葉にトリスンさんが止めに入る。

「なぁに、お前がフォローに入ればアレぐらい問題ないだろ？　やらせてやれよ」

「それはそうですが……」

「なんでもええが早くしてくれんかの。あちらさん、気付いたようじゃぞ」

前を見ると、キラーマンティスが両前脚《まえあし》を大きく広げて威嚇《いかく》しながらこちらに近づいてきているところだった。

ちょっと……いや、メチャクチャ怖いよ！　というか気持ち悪い……。確かになんでもいいから早くどうにかしてほしいかも。

「あぁ、よく分かってんじゃねぇか。あたしが戦いたくて戦いたくてウズウズしてたのがな」

ダリタさんは腰から剣を引き抜きながらそう言い、ゆっくりとキラーマンティスに近づいていく。

ダリタさんの剣が真っ赤なオーラに包まれていく。

「護衛の立場も考えてほしいのですがね」

と、諦《あきら》めたようなトリスンさんも剣を引き抜いた。

「キシャァァ！」

「ふんっ！」

そして戦いが始まった。

ダリタさんはキラーマンティスの鎌《かま》を避《よ》け、剣を打ち込む。

ガコンと竹でも殴《なぐ》ったかのような音がして剣が弾《はじ》かれ、一筋の傷がキラーマンティスの鎌に入る。

「キラーマンティスの甲殻《こうかく》は硬《かた》い。腹側を狙《ねら》え」

「分かってるって！」

鎌と剣の応酬《おうしゆう》が繰《く》り広げられる中、キラーマンティスの薙《な》ぎ払《はら》いがダリタさんを襲《おそ》う。

その一撃《いちげき》をダリタさんは屈《かが》んで避けるとキラーマンティスの腹に剣を突《つ》き刺《さ》した。

「ゲガッ⁉」

キラーマンティスの腹から緑色の液体が噴《ふ》き出し、ダリタさんの背後の木がスパッと切り裂かれて横倒しになった。

キラーマンティスの攻撃《こうげき》力の高さに軽く冷や汗《あせ》が出る。これまであまり強い人の戦いを見る機会がなかったけど、やっぱりレベルが上がってくると地球では考えられない次元の戦いになるのだなと実感する。

「あの、ダリタさんってランクいくつなんですか？」

「確かこの前、Bになったって言ってた気がするな」

サイラスさんはそう答えた。

なるほど、これがBランクの戦いなのか。確か冒険者ランクのBはパーティでBランクモンスターを倒せて、ソロではCランクモンスターを倒せるぐらいが大体の強さ目安だったはず。だとすると、やっぱりこれぐらいの相手が丁度いいんだろうね。

と、思い返してみると、僕の冒険者ランクはFなのだ。『F』、それは最下層のF。

「今更《いまさら》だけど、なんで僕はここにいるのだろう？」

冒険者ランクで強さは測れないとはいえ、場違い感は半端《はんぱ》ない。

いや、まぁ元はDランクなんだけど。それでもここにいる面々と比べたら低い気がする。

と、そんなことを考えている内にも戦いは続いていく。

ダリタさんは左手のガントレットでキラーマンティスの鎌を受け止め、剣を薙ぎ払い、逆側からの攻撃を避け、剣で突く。

「トドメ！」

ダリタさんが剣を振りかぶった瞬間、隣で小さくミミさんの声が聞こえた。

「《シャドウバインド》」

その瞬間、ミミさんの影《かげ》がギュルッと伸びてキラーマンティスの影に絡まり、キラーマンティスがビクンと一瞬、動きを止める。

そして宙を舞《ま》うキラーマンティスの頭。崩《くず》れ落ちる体。

シャドウバインド？　今のは魔法？　見た感じからして闇属性？　もしかしてミミさんの能力の秘密はここにあるのだろうか？

「大丈夫ですか？」

「あぁ、ちょっと切られちまった」

ダリタさんの腕を見ると、パックリと裂けて血が滲《にじ》んでいた。

でも、木をも斬《き》り倒すキラーマンティスの一撃を受けてもこの程度で済むというのは流石、女神《めがみ》の祝福の力ってところか。

「光よ、癒《い》やせ《ヒール》」

そしてその傷も僕の回復魔法で元通りに治る。やっぱり凄い世界だ。

その後、キラーマンティスやファンガスを倒しながら川沿いに森の中を進み、日が暮れかけてきた頃、開けている場所で野営することになった。どうやらまだまだ着かないらしい。

「大地よ、我を守る壁となれ《ストーンウォール》」

ボロックさんが魔法を使うと、地面がせり上がって大きな壁が出来上がる。

以前ランクフルトでスタンピードが起きた時、モンスターの突撃を食い止めるために使われていた魔法だ。

ボロックさんはストーンヘンジのように円状にいくつかの壁を造っていく。

「虫除けは持ってきたかの？」

「はい、用意してあります」

「では火を使うか」

「それがいいでしょうね」

ボロックさんとミミさんの間でそういう会話が行われ、ミミさんが魔法袋の中から布袋を取り出した。

「では皆さん、火を使うことにしましたので薪《まき》を集めてきてください」

そう言われて周囲を見渡す。

幸い、森の中には倒木《とうぼく》やら枝などがそこら中に転がっていて、燃やす物には困りそうにない。

いくつか拾い集めて戻るとストーンヘンジの中心部分に焚《た》き火が出来ていて、ミミさんがその火の中に布袋から取り出した粉をまいていた。まかれた粉は火の中でパチパチと弾けてボワッと燃える。

「これを燃やすと虫系のモンスターが嫌がる煙《けむり》が出ますので、火の番をする人は適量燃やしてくださいね」

なるほど、蚊取《かと》り線香《せんこう》的な効果なんだろうか？　どういった成分なんだろう。

気になって、焚き火の近くに置かれた袋の中に手を入れ、中身の粉を取り出してみると意外と粉というより粒《つぶ》が大きく、なにかの葉っぱとか茎《くき》とかを乾燥させて細かく砕《くだ》いたモノに見えた。よくスーパーマーケットに売ってた乾燥バジルみたいな、パスタに振り掛けたら美味しそうな感じのヤツだ。

「これってなんの葉なんです？」

「さぁ……薬屋にでも聞くしかないんじゃないか。まず教えてくれないだろうがな」

サイラスさんがそう答えた。

まぁ、そりゃそうか。それが飯の種なんだろうし。

そうしていると、ミミさんがこちらに歩いてきた。

「今回は虫系モンスターが出る場所で、虫除けもあるので火を使いますが、火を使うとモンスターを呼び寄せる場合もありますので注意してくださいね。特に知能のあるモンスターは火を怖がりませんから」

「分かりました」

なるほど。よく考えてみると、以前野営したランクフルトから森の村への道に出没《しゅつぼつ》していたのはフォレストウルフだったたし、火を使うのは正解だったと思うけど、これがゴブリンなど、ある程度の知能があるモンスターだと意味がなかったかもしれない。しかし……。

「あの、火を使わない場合って、どうやってモンスターの襲撃《しゆうげき》を警戒したらいいのですか？」

要するに火は明かりでもあるわけで、なければ真っ暗闇だし、真っ暗闇の中だと敵の存在を感知しにくいはず。

「それは、人にもより、場合にもよりますね。例えば土属性の術者がいる場合、ストーンウォール
で周囲を囲むのも一つの手ですし」

そう言ってミミさんは周囲をチラリと見た。

周囲にはボロックさんが作った石の壁がいくつも隙間を空けて並んでいる。

なるほど、これを隙間なく並べて囲んでしまうのか。確かにそれは一つの手だ。

「あとは……モンスターの位置を知るための魔法もありますからね」

「なるほど……ミミさんは、そういう魔法を使えるのですか？」

「さて、どうでしょうね？」

はぐらかされてしまった。人の能力を詮索《せんさく》したり隠し玉を探ろうとするのは冒険者の間じゃ褒《ほ》め
られた行為《こうい》ではないとされているので、これぐらいで止めておこう。

いや……そもそもミミさんって冒険者なのだろうか？　メイドなのでは？　いや、メイドがこん
な場所に来るはずがないじゃないか、ははっ。

……まぁそれはいいとして。そういう魔法は以前見た魔法の本には載っていなかったけど、やっ
ぱり存在するのだろう。ということは、以前の幽霊騒動《そうどう》の時、ミミさんが僕の動きを把握してたっ

ぽいのはその魔法が関係しているのだろうか？　さっき見た感じではミミさんの得意属性は闇。闇と聞いて連想するのは隠密《おんみつ》的な効果。さて……。

「強い冒険者はいくつも身を守る手段を持っているのですよ。そういった手段がまだない低いランクの内は自分達だけで野営をするのは命取りになりますから、気を付けなさい。野営をするなら、こうやって多くの人数を集めた方が安全です」

そう言ったミミさんは、いつもとは違って先輩《せんぱい》冒険者の顔をしていた。

そしてなんとなく、まったく似ていないハンスさんを思い出したのだった。

朝、配られた乾燥肉を口に放り込みつつ出発。

昨日の話を思い出す。

最初、この人数で黄金竜の巣を目指すと聞いた時、少し人数が多すぎるのでは、と思った。ＲＰＧとかだと大体三人か四人ぐらいのパーティを編成することが多かったし、ゲームによっては馬車の中に仲間がいるのに決められた人数しか戦闘に参加出来ない的な謎《なぞ》ルールがあったりもしたし。なんとなくファンタジー世界のパーティはそれぐらいの人数でやっていくモノなのだという固定観念があったのかも。

以前ランクフルトから森の村への道中で野営した時は四人だけしかいなかったのであまりよく寝られなかったけど、今回は九人いるから見張りの時間も短くてかなり楽だ。体への負担も少ない。一日だけなら少人数でもなんとかなるけど、こうやって野営が続く環境《かんきょう》だとある程度の人数がいないと厳しいかもしれない。

もしくは、ミミさんが言っていたように、強い冒険者になって身を守る手段を身につけるか。

というか、将来的に未開拓地《みかいたくち》に入って遺跡《いせき》などを探すなら、そういった身を守る手段は必須《ひっす》だよね。一人とか少人数で野営しても大丈夫なスキル、魔法、アイテム、等々。

なんとなく将来の目指すべき方向性が見えてきたかも。

そんな感じでモンスターを倒しながら森の中を進んで数時間、薄暗かった森の奥に光が見え始め、森を抜けたところで急に空が見えた。

「あ、あれは……」

誰かが驚きの声を上げた。

一面に広がる湖。緑の草原。岩肌《いわはだ》むき出しの山々。

「ちょっと待て！　おい、爺さん、あれはなんだ？　あんなモノは聞いてないぞ！」

ゴルドさんがボロックさんに詰《つ》め寄って叫《さけ》んだ。

緑の草原の先。ゆっくりとした坂を上った先にあったのは、建物。建物。建物。

丘《おか》の上、切り立った山の側にあるのは、町。

石造りの建物の町がそこにあった。

「実際に見てみれば分かるわい」

そう言ってボロックさんは一人で先に進み始めた。

ん～……皆の反応からして、ここに町があるとは知らなかったっぽい。いや、そもそも黄金竜の巣がこんな場所なんて普通は分からないだろう。僕は最初、洞窟とか大きなツバメの巣みたいなモノだと思ってたし。

ボロックさんに続いて全員で町へ向かって歩く。

周囲を見渡すと、川に繋がる大きな湖には石材の水門が見えた。それが今は開いている。

あの水門が閉まったことで滝が止まったのだろうか？

そのまま暫く歩き続け、ようやく町の前に辿り着く。

「これは……無人？　廃墟《はいきょ》？」

町を囲む壁は大きさや形が揃えられた灰色の石で出来ているけど、所々崩れている場所もある。

昔は整えられていたのであろう石畳《いしだたみ》の道も、今は石の間から草が生えていて、長い間ここを通った人や馬車がないことが窺《うかが》える。町の入口の門も朽《く》ち果てたのか、なくなっていて、ここに誰かが住んでいるとは思えない状態だ。

入口の近くの壁の石についたホコリを払ってみる。

灰色で、人が運ぶには大きく、大きさが均一に見える。普通、石壁を造る場合、運びやすい大きさの石を組み合わせる。実際、今まで見てきた町でもそうだったし、この世界でもそれが普通だと思う。しかしここでは大きな石で壁を造っている。

こういう構造は以前、一度だけ見たことがある。それはランクフルトから森の村の間にあった廃墟。あそこと構造が似ている気がするのだ。

全員で門を抜け、町の中に入る。

町の中の建物は屋根が抜けていたり、崩れていたり、表面に苔が生えていたり、少なくとも一〇年単位で放置されていたことは確実だと思う。いや、下手すると一〇〇年単位かもしれない。この国の歴史にアクセスしやすいダリタさんとかルシールがここの存在を知らないのなら、そういう可能性の方が高いだろう。

この場所は、カナディーラ共和国の建国以前、もしくはカナディーラ王国の成立以前から放置されているのかもしれない。

ふと隣を見ると、ルシールが一軒の家の前でなにかを調べながら紙に走り書きしていた。

この場所が彼女の好奇心《こうきしん》に火をつけたのだろうか。

「ここは、古代遺跡……なのか？」

「恐らくだがの」

ボロックさんは振り向かず、ゴルドさんの問いに答える。

「では何故、これが報告されていないのだ？　こんなモノがあると分かっていれば、この機会に大規模な正規の調査隊を編成出来ていた！　ここを調べれば、なにが出るか……」

モス伯爵が少し悔《くや》しがるように言った。

「報告はしたわい。前公爵にはな。しかしエルクのヤツはそれを文書にも残さず、跡継《あとつ》ぎにもギリギリまで話さないことにしたんじゃろ。その結果が今のこの状況じゃよ」

跡継ぎにもギリギリまで話さずにいて、まだ大丈夫だろうと思っていたら突然死で情報の伝達が出来なかったパターン。昔の伝統工芸とか武術などではよく聞く話だ。情報の漏洩《ろうえい》を防ぐために一子相伝にした結果、不慮《ふりょ》の事故などで受け継げず、重要な技術が永久に失われるとかね。

ボロックさんは『ついてこい』というように顎《あご》をしゃくり、町の奥、山の方へ進んでいく。

ボロックさんの後を追い、かつてメインストリートだったであろう苔むした道を進み、階段を上って町の奥へ進むと、切り立った崖のような山肌に大きな洞窟が見えてきた。その左右には大きな石の柱が洞窟の奥にまで立ち並ぶ、まるで洞窟に造られた神殿《しんでん》のような場所に見えた。

「神聖教会の神殿か？　こんな場所にあるとはな」

「神聖教会は数千年前から存在すると本には書いてあった。古代遺跡に神聖教会の神殿があってもおかしくはないはず」

サイラスさんのつぶやきにルシールが返す。

ボロックさんは背中のリュックを下ろし、中から布袋を取り出していた。

「この先には正真正銘《しょうしんしょうめい》、黄金竜の巣がある。戻ってきた黄金竜を刺激しないためにもファズ草を全身にすり込んでおくんじゃ」

そう言ってボロックさんは布袋の中から粉を一掴み取り出し、布袋をこちらに投げてきた。

「ファズ草ってなんですか？」

「早い話が臭《にお》い消しじゃよ。モンスターの中には鼻が利《き》くのもおるから重宝するんじゃよ」

「わたし、臭くないんだけど！」

「鼻が利くモンスターは人が感じられん臭いも嗅《か》ぎ分けるんじゃ。ええから頭からザバッといかんか！」

シームさんが怒《おこ》られながら頭から粉をぶちまけられた。

んー、やっぱりそういうモノもあるんだね。こういうアイテムも、モンスターを避けながら外を歩くなら必須なのかもしれない。……いや、でも僕は浄化《じょうか》の魔法があるから必要ないかも。まぁ今はそれを使うわけにもいかないし、大人しくこの粉をかぶろう。

全員がファズ草の粉をすり込んだ後、神殿の奥に入っていく。

たまに横に小さな脇道があるけど、それは無視して二〇〇メートルぐらい歩くと、前方に光が見えてきた。その方向へ進んでいくと、天井から光が降り注ぐ大きな広場に出た。

洞窟の天井が綺麗《きれい》サッパリ消え去ったその場所は石畳が敷き詰められていて、そしてその石畳は黄金《こがね》色に輝いていた。

そこにあるのは黄金色に輝く鱗、毛、そして爪《つめ》らしき物。無数に散らばったそれらが太陽の光で黄金色を放っている。

「うわぁ……マジかよ！」

「これ全部、黄金竜の素材!?」

サイラスさんとシームさんが思わず飛び出すと、ボロックさんが「待たんか！」と叫ぶ。

「下手に触っちゃならん。黄金竜に気付かれぬよう、持ち帰るとしても一部だけじゃ」

「事前に話してあるように、ここで得た黄金竜の素材は公爵様に引き渡されます。勝手に持ち帰ることは許されませんよ」

ミミさんが釘《くぎ》を刺しながら広場へ進んでいく。

彼女は一歩二歩三歩と進み、左側に顔を向けた。

「……えっ」

ミミさんが立ち止まり、驚いたような顔をした。

その目はある方向に釘付けになっている。

それが気になって、僕も前に進み出てその方向を見た。

「ん？」

洞窟から進んで左手の壁際《かべぎわ》にあるモノ。祭壇《さいだん》。

そして祭壇の右側に三体、左側に三体。合計六体の石像が存在していた。

チラリと左手の三体の石像を見ると、奥側のローブを着た優《やさ》しげな女性の石像に目が留まる。

「う～ん……」

どこかで見たことがあるような……。どこだっけ？　ちょっと思い出せない。

「……そう、いうことです……か」

隣で同じように石像を見ていたミミさんが少し震《ふる》えた声でそう言った。

ミミさんは踵《きびす》を返すとツカツカと歩いてボロックさんの前に進む。

「アレが、問題なのですね？」

「そうじゃな。恐らくアレが大きな問題になるんじゃろう」

ミミさんが大きく息を吐いた。

「だからワシは、この場所には立ち入ってはならんと言ったんじゃ」

「おいおい、二人だけで納得《なっとく》してねぇでよ、俺達にも分かるように説明してくれや」

「……ええ、勿論《もちろん》です。これはここにいる全員がしっかりと理解しておくべき話です」

んん？　よく分からない。あの石像になにか意味があるのは分かるけど、その意味が分からない。

左奥の石像には見覚えがある気がするのだけど……。

ミミさんがこちらに向き直って話し始めた。

「皆さん、あの石像に見覚えありませんか？」

「ねぇな！　さっぱり分からねぇ！」

「わたしも！」

ゴルドさんとシームさんが光速で返事をした。

いや、そんなに堂々と威張れることじゃないよ！　僕も分からないけど！

周囲を見る限り、サイラスさんとダリタさんも分かっていない感じに見える。

そこでトリスンさんが小さく手を上げながら口を開いた。

「あれは、神の像では？」

「そうだな、教会にある最高神テスレイティア様の像に似ている」

モス伯爵もそれに同意した。

あぁ、なるほど！　確かにあの左奥の像はテスレイティアの像に似ているかも！

よく考えなくても神殿にある像だし神の像だよね。

「ええ、そうです。あの像は神聖教会で信仰《しんこう》されている、この世界の神。最高神テスレイティアと四属性を司《つかさど》るフレイド、ヴィネス、ヴォルフ、アーシェスの像でしょう」

なるほどなるほど。確かエレムの神殿でそんな像を見たことがあった気がする。そういや死の洞窟の中でもテスレイティアの像は見たよね。……あれっ？

「確かに、そう言われてみればそうかもな。だがよ、それがどうしたってんだ？　神殿に神の像があっても別におかしかねぇだろ？」

「そうですね。しかし一つ、見落としていませんか？」

「……一つって、なんだよ」

「光を司る最高神テスレイティアと四属性を司る神。それが神聖教会が信仰している神です。しかしここにある神の像は何体ありますか？」

「……」

ミミさんがそう言うと、全員の眼差《まなざ》しが神の像へ向かう。

「……一つ、多いのですよ」

そうだ。教会ではテスレイティアの像が中央に置かれ、その右側に二体、左側に二体と四属性の神の像が配置されていたはず。しかしここでは右側に三体、左側に三体の並びだ。これは……。

「問題は右側の奥にある男性の像はなんなのか、ということです」

「新種の神様が見付かった！　ってことで、なんとかならねぇのか？」

「無理」

「無理です」

「無理だな」

「無理に決まっとるじゃろ」

う～ん、この世界の宗教については詳しく知る機会がほとんどなかったから、よく分かってないし、これがどれぐらいの問題なのかが分からない。皆の反応からして大きな問題なのは分かるけど、それがどれぐらいの大きさなのか。

「理論的に考えるなら、残っている神は一人だけ。闇の神テスレイド。魔族が信仰している神」

「……そうですね。それが妥当《だとう》な答えでしょうね」

ルシールの言葉にミミさんが頷いた。

「でも、神聖教会で闇の神を信仰することはない」

「じゃあよ、ここが魔族の町だったたってぇことじゃねぇのか？」

ゴルドさんのその言葉に皆がピクリと反応する。

やっぱり魔族という単語には大きな意味があるのだろう。

ルシールは首を振りながら答える。

「文献《ぶんけん》によると魔族は光の神であるテスレイティアを信仰していない。つまりこの場所は魔族の町ではないはず」

「じゃあなんだってんだよ？」

「えぇい！　じゃからあれ自体が問題じゃと言っとるんじゃ！」

「この場所がなんなのか、私には分かりませんが、この神殿では今の時代の神聖教会とは別の教義が信じられていたことは間違いありません。あの像の並び……あれではテスレイティアとテスレイドが対等な存在であるかのように並んでいます。それを神聖教会がどう見るか……」

「良くてこの場所の破壊《はかい》。悪けりゃ目撃者ごと全部――」

ボロックさんはそう言いながら喉元《のどもと》を親指で掻《か》っ切るような仕草をした。

「どんな犠牲《ぎせい》を払ってでもやってくるでしょうね」

「だからワシは、この場所には立ち入ってはならんと言ったんじゃ」


それから落ちていた黄金竜の鱗や毛を一部回収していった。

本来なら伝説級の素材をこの手に触る機会を喜ぶべきなのだけど、とてもそんな気分にはならなかった。

黄金竜の鱗は小さめの盾《たて》ぐらいの大きさがあって、思ったより軽かった。当然、それらはミミさんに回収されてしまう。可能なら僕も一枚ぐらい確保しておきたいけど無理だろうね。諦めよう。

しかし神聖教会か……これはどうなるのだろう。

「それでは本日はこちらの町に泊《と》まりますので、日没《にちぼつ》まで手分けして町の調査を行います。ルシール、貴女《あなた》には黄金竜の巣の調査と公爵様に提出するレポートをお願いしておりましたが、こうなった以上、この町の調査についてもお願いしたいのですが、可能でしょうか？」

「問題ない」

「では、よろしくお願いします。それと皆様、分かっているとは思いますが、調査の中でアーティファクト等の重要アイテムが見付かった場合、全て公爵様に献上《けんじょう》していただくことになります。ただし、それ以外についてはうるさく言うつもりはありません」

「おっ？　えらく気前がいいじゃねぇか」

「よしっ！」

これで冒険者組がやる気になってきた。

まぁ今回の調査は公爵様の依頼ということになっているしね。ちょっと強いぐらいのアーティファクトならともかく、仮にもしここで国宝クラスのアーティファクトが出たとしたら大騒動になるはずだし、予《あらかじ》めそういう条件を付けてくるのは当然だろう。それ以外については冒険者に譲《ゆず》るというのも冒険者の士気を考えた場合、妥当な線か。

そうして手分けして町中の調査が始まった。よく勇者が初めて来た町でやるアレである。

「この石は……魔法による物……だとすると年代は――」

ルシールはそういった宝探しには興味がないらしく、建物や石畳の素材や模様などについてスケッチを取りながら調査していて。サイラスさんとシームさんはその奥でガサゴソと廃墟の中を漁《あさ》っている。

僕は少し気になることがあったので、道を戻って神殿へ向かった。

「その力は全てを掌握《しょうあく》する魔導。開け神聖なる世界《マギロケーション》」

神殿の入口で周囲に誰もいないことを確認してからマギロケーションを使う。

魔法によって広がった視界により、周囲の地形を把握出来るようになった。そうして洞窟の中を進む。

さっき来た時、確かここに……。

「あった！」

黄金竜の巣へ続く道の途中に別の道があったのだ。

その小さな脇道に進むと、道の左右に小さな小部屋が見えてきた。

やっぱり、以前、死の洞窟の中にあった神殿と同じような造りだ。

マギロケーションで中の安全を確認しつつ、辛うじて残っている木の扉を開いて小部屋に入る。

中は予想通り汚《よご》れにまみれていて、ほとんどの物が腐食《ふしょく》していたりして使い物にならない。鉄製っぽいナイフなどもサビが酷《ひど》くてどうにもならない感じだった。しかしマギロケーションでくまなく探していくと、銅貨や銀貨などが見付かり、多少のお小遣《こづか》い稼《かせ》ぎにはなったけど、それぐらいだ。

そうして次々と部屋を見て回り、一番最後、突き当たりの部屋の扉を開けた。

「やっぱり」

ここは倉庫のような造りになっていた。

木製の棚《たな》が並んでいて、そこにいくつかの物資が置かれている。

端《はし》からしっかりと見ていったけど、ほとんどの物は朽ち果てていて使い物にならない。ここがどれだけ長い間、放置されていたのかを実感する。

金属の鍋のような物。鎧のような物。布製のなにか。かつては乾燥肉だったはずのミイラ。そして――

『ホーリーレイの魔法書』

『神聖魔法の魔法書』

『ターンアンデッドの魔法書』

『神聖魔法の魔法書』

『ディバインシールドの魔法書』

『神聖魔法の魔法書』


あった！　しかも三つ！

神聖魔法の魔法書は長い年月を経たはずなのに、腐食することなくその場に残っていた。

しかし……。

「神聖教会の神殿の中に神聖魔法の魔法書があるということは……」

少なくともこの時代の神聖教会では神聖魔法の存在が認知されていた？

そういう認識でいいのだろうか？

とりあえずマギロケーションで付近に誰もいないことを確認し、三つの魔法書を使っていく。

いつものように本を読み進め、燃やす作業を繰り返す。

「なるほど……」

なんとなく理解した感じ、『ホーリーレイ』は攻撃魔法らしく、次に『ターンアンデッド』はその名の通りアンデッド系を倒す魔法っぽい。ライトボールよりもっと強い攻撃魔法が欲《ほ》しいと思っていたけどライトアローはまだ覚えられないし、最近は物理攻撃ばかりになっていたので嬉しいのだけど。

「ディバインシールド……これは、なんだろう？」

防御《ぼうぎょ》魔法であることは分かる。だけどなんだかちょっと……。

「とりあえず使ってみるか……」

と思って発動しようとしてみるけど、出る気配がない。

「なら聖石が必要なパターンかな」

魔法袋から聖石を一つ取り出して魔法を発動させてみようとする。

しかし発動しない。

「どういうことだろう？　一つじゃ足りない、とか？」

そう考えてもう一つ、聖石を取り出して発動しようとする。しかし発動しない。続けて三つ、四つ、五つ、六つと増やしていくも発動せず。そして一〇個の聖石を握《にぎ》りしめて発動しようとして、やっとイケる感覚があった。

「ちょっと消費数が多すぎでしょ……まぁいいか……。神聖なる光よ、全てを拒《こば》む盾となれ《ディバインシールド》」

ディバインシールドの魔法を発動した瞬間、手の中の聖石が崩壊《ほうかい》し、二割ぐらいの魔力と引き換《か》えに一メートルぐらいの大きさの光り輝くラウンドシールドが現れた。

虹《にじ》色に輝くその光が倉庫の中をギラギラと照らす。

「おぉぅ！　ちょっと派手すぎ！」

まるで九〇年代のダンスホー……いや、それ以上いけない。不敬罪で神の雷《かみなり》が落ちてくるかもしれない。

と思っていると、輝くラウンドシールドが崩壊していき、綺麗サッパリ消えてなくなった。

「う～ん……なんだか凄そうな防御魔法な気がするけど……」

とりあえず消費が多すぎる。それに防御魔法ってどれぐらいの守備力があるのか分からないと怖くて使えないよね……。ちょっと試しに使ってみたら耐《た》えきれずに攻撃が貫通《かんつう》して『グワッ！　やられた……』では笑い話にもならないし。とりあえずちょっと保留かな。

攻撃魔法はここでは使えないし、また今度、試してみよう。

洞窟を出て町に戻る。

皆はまだ町のそこら中で探索を続けているようだ。

僕も探索に参加しようと思ったけど、どこが未探索エリアなのか分からないので、とりあえずマギロケーションで怪《あや》しい空間を探りつつ町の入口の方に歩いていくことにした。

すると横の家からドスンとなにかが崩れる音がした。

「それ、貴重な歴史的遺産、壊さないで！」

「わ、悪い！　ちょっと邪魔《じゃま》で……」

いつもは聞かないようなルシールの声とサイラスさんが謝《あやま》る声がする。

どうやら壊しちゃいけないモノを壊してしまったようだ。

歴史的建造物の価値は人々の生活にある程度の余裕《よゆう》が出てこないと認知されにくいだろうし、仕方がないかもしれない。世界遺産になった日本の某《ぼう》歴史的建造物も一時は民間企業《きぎょう》に売却《ばいきゃく》され、解体されて素材売りされそうになったところ、規格が合わなかったために売れずに放置されて現代に残って世界遺産になった、という話もあったりする。大体そんなモノだ。

「この建築様式はカナディーラ周辺のモノではない。もっと北西の地域……つまり、ここに定住していた人々は北西から来た？」

ルシールは独り言をつぶやきながらペンを走らせる。

「逆に、ここに住んでた人々が北西に移った可能性もあるんじゃない？」

「……確かにその可能性もある」

ルシールは少し考え込み、またペンを走らせた。そして言葉を続ける。

「時間、全然足りない。こんなチャンス、二度とないのに……」

彼女はペンを止め、こちらを向いた。

「もっとちゃんと調査したい。けど、今日だけしか時間がない。瓦礫《がれき》を全部移動させて調査したいし、地面も掘り返したいけど、出来ない」

悔しそうにそう言った。

ここへの調査が決まるまでにあれだけ長い協議が必要だったのに、この調査に使える時間は今日一日。まさかこんな町があるとはは想像出来なかったとはいえ、本当に『なんだかなぁ』と思うところはある。でも、黄金竜がいつ戻ってくるか分からないから長期間はマズい、と言われてしまうと従うしかなくなる。

なにをするにも自分の思うようには出来ない。これが雇《やと》われの難しいところなのだろうか。

「本当は神様の像も解体して調べたいし、墓も掘り返して――」

「それはやめときなさい」

などと言っていたルシールと別れ、最初に入ってきた門の前まで歩いてきた。

この辺りは破壊跡もない。最初に着いた場所だったからか、逆に誰も探査してないのかも。

じゃあここを探してみようかな、と思って周囲を見渡してみると。

「ん？」

マギロケーションに丸い物体の反応があった。

門の真横。恐らくこの町がまだ生きていた頃は門番とかが使っていたのであろう詰所《つめしょ》的な場所。

その建物に入り、中を物色していく。

最初の部屋を抜け、その隣の部屋の奥。崩れた天井の下にある木の箱の中。

崩れた天井を持ち上げて除去し、現れた箱を開けると、中からホコリにまみれた丸い玉が出てきた。

「なんだこれ……」

とりあえずそれを持ち上げてみようと手で掴んでみると、その玉が青く輝きだした。

「うおっ！」

驚いて、慌《あわ》てて手を離《はな》すと光がゆっくりと収まっていく。

なんだこれ？

恐る恐るもう一度、手で触れてみると、また青く光り始める。

「害は……なさそう？」

持ち上げて布でホコリを払ってみると、ホコリの下から透明な水晶が現れた。

「なんだこれ……」

◆　◆　◆

「これは……真実の眼《め》、でしょうか」

「おぉ！　よく見付けたな！」

謎の水晶玉をミミさんとゴルドさんに見せると、そう言われた。

「真実の眼？」

「はい、おめでとうございます。これは、アーティファクトです」

「アーティファクト……アーティファクト⁉」

これがアーティファクト！　なんだかちょっと感動してきたかも……。

いつか自分でアーティファクトを見付けてみたいと思っていたけど、こんなところで見付けられるなんて……。

「古代遺跡を探索してアーティファクトを見付けるとかよ、冒険者の目標の一つだぜ？　もっと喜べよ！」

「はいっ！」

「まぁ、このことは誰にも自慢《じまん》出来ねぇんだがな」

「……はい」

そうなんだよねぇ……凄く嬉しいけど、ここに古代遺跡があるとは誰にも言えない。下手に自慢するのもリスクが高いし、そもそもこのアーティファクトは公爵様に持っていかれるから手元に残らない。なにも自慢出来る要素が残らないのだ……。

「確かに人に話すことは出来ませんが、公爵様から褒美《ほうび》をいただけますからね。真実の眼はそれなりに数が出ていますが、重宝されるアーティファクトですから」

「重宝される、ということは効果も分かっているのですか？」

「えぇ、こうやって触れると――」

ミミさんが真実の眼に手を乗せると、僕が触った時より弱いけど、水晶玉が青く光り輝いた。

「通常は水晶玉が青く輝くのです。しかし犯罪者が触れると、赤く輝きます」

「なるほど」

ん～……つまり犯罪者を見分けられるアーティファクト、ということか。どうりで門の横にある家に置いてあるわけだ。でも、こんなアーティファクトが持ち出されずに残っているということは、住人はこの町がこうなった時、逃《に》げられなかったのかも……。

しかし、犯罪者を判別するアーティファクトって、どういう基準で分けているのだろう？

一度も悪いことをしたことがない人なんてほとんどいないだろうし、生物を殺すことが悪いことなら、僕達冒険者は真っ赤だ。しかし青かった。この水晶玉は何らかの基準で青と赤を出しているのだろうけど、そこがちょっと見えてこない。基準が見えないというのは怖いことだ。自分が大丈夫だと思っていても、基準が分からなければ絶対ではないのだから。

そんなこんなで僕達は黄金竜の巣の調査を終了し、ボロックさんと共に山を下りてアルノルンに向かった。

◆　◆　◆

山を下りて洞窟を抜け、タンラ村で馬車に乗り、また数時間もゴトゴト揺られ、アルノルン近くの森で解散。

「それではここで解散とします。報酬《ほうしゅう》については公爵様に報告した後になります。それと、クドいようですが、例の話は誰にも話さないようにしてくださいね。あれを喋《しゃべ》っても誰も得しませんから」

「あぁ」

「分かりました」

「では、公爵家の皆様。後程《のちほど》、公爵様への報告にご同行願えますか？」

「いいぜ」

「勿論だ」

ダリタさんとモス伯爵が答え、トリスンさんが頷いた。

そして外套のフードを深くかぶり、時間差で馬車を降りて町に入る。

町はいつもと変わらないけど、暫く離れていたせいか見慣れない町に見えてしまう。

「暫くは休みにするか。今回の報酬はそこそこ良いはずだしな！」

「さんせー！　早く部屋に帰りたい！」

「キュ！」

「おー、シオンもそう思う？」

ということで暫くの間、冒険者稼業《かぎょう》は休みとなった。

談笑《だんしょう》しながら町を歩き、クランハウスに戻って自室に入る。

「不浄なるものに、魂《たましい》の安寧《あんねい》を《浄化》」

それと同時に数日間の汚れを浄化で落とし、シオンにも浄化を使う。皆といる時は流石に使えなかったので、なんだか常に違和《いわ》感があったのだ。浄化の威力は凄《すさ》まじく、拭《ふ》き取っただけでは取れなかったベタつきや汚れがゴッソリ落ちて気持ちいい。

「う〜ん、やっぱりこれがないとダメだ」

「キュキュ」

シオンも同じ気持ちらしい。

と、思っていたところ、体の周辺から光が立ち上がり、僕の体の中に吸収された。

女神の祝福だ。

「このタイミングで⁉」

戦闘以外でも上がることがあるとは聞いていたけど、まさかこんなタイミングとは。

「確かこれで一六回目だっけな。寝てる時に上がってたら分からないけど」

久し振りに上がった気がするなぁ、さて今日は疲《つか》れたから寝ようか。と思ってシオンを抱き上げようとすると。

『聖獣《せいじゅう》リオファネル』

「ん？」

天井を見上げてから、もう一度シオンを見る。

『聖獣リオファネル』

「マジですか……」

「キュ？」

どういうことだ？　これは謎の鑑定《かんてい》能力と同じ。これまで見えなかったのに、シオンの種族？が見えるようになっている。つまり生物の鑑定が出来るようになっている？　問題は、これがどこまでの範囲《はんい》に効いているのかだ。

シオンを抱いたまま急いで部屋の木窓を開けて覗《のぞ》き込み、誰かいないか周囲を探すと、丁度、窓の下の庭で体を拭いている全裸《ぜんら》の中年男性を見付けたので凝視《ぎようし》した。じっくりと、凝視する。

「……」

「フンフンフン……‼⁇⁉」

しかしその中年男性にはなにも表示されない。全裸の中年男性のままだ。

つまり、これはシオンだけに適応されている？　いや、シオンは卵の時、確か今回と同じように聖獣リオファネルと表示された。つまり僕の謎鑑定に反応する存在、聖なるモノの枠《わく》の内だったはず。ということは今回のこれも聖なる生物だけ鑑定出来るということか？　でもそれって範囲狭《せま》すぎない？　そんな聖なる生物にポコポコ出会う聖獣のバーゲンセールみたいな状況には流石にならないだろうしさ……。ならないよね？

木窓を閉めてベッドに座ってシオンを横に置く。

う～ん、とりあえずこれでなにかが大きく変わることはなさそうかな。

そう考えながら、その日は眠ることにした。

◇　◇　◇

闇のソードダンサー

黄金竜の爪に所属しているBランク冒険者ジョン・トランボは多忙《たぼう》な日々を送っている。

冒険者としてはベテランに入る年齢《ねんれい》の三五歳《さい》でBランクにまで上り詰めた彼は、戦闘では剣を流れるように操《あやつ》り、どんな依頼でも器用にこなすため重宝され、冒険者ギルドと黄金竜の爪のどちらからも多数の依頼が舞い込む売れっ子冒険者だ。

人は彼のことを『闇のソードダンサー』と呼ぶ。

しかし、彼が重宝される理由はそれだけではない。

「闇よ、我が身と共に《ナイトウォーク》」

魔法の発動と共に闇がジョン・トランボの体を包み込むと、彼の気配がどんどん薄くなっていった。そこにいるのに、そこにいない。そんな不思議な存在感に包まれながら彼は外套のフードを目《ま》深《ぶか》にかぶると自室の扉を開け、クランハウスを裏口から出ていった。

陽《ひ》が降り注ぐ大通り。行き交う人々。そこに出来た影を狙うように彼は道の端を進んでいく。

通行人は、真夏に外套のフードを目深にかぶる怪しい男を、まるで見えていないかのように気にする素振りもない。

やがてジョン・トランボは大通りを逸《そ》れ、建物と建物の間の細い道に入る。そこは人がギリギリ二人、並んで歩けるかどうかという細くて薄暗い路地。

散乱するゴミ。すえた臭いに混じる小便の臭い。地面に横たわる人。

彼はそれにほんの一瞬ピクリと反応するも、歩みは止めずに進み、道の片隅《かたすみ》に座っているボロボロの服を着た老人の前で止まる。

「北の諜報員《ちようほういん》の集合地点」

「……金貨一〇枚」

ジョン・トランボは外套の内ポケットから探り当てた小さな布袋を老人の前に投げた。

「東地区二番地イラの宿屋」

その言葉を聞くと彼は老人に一瞥《いちべつ》もくれることなく踵を返す。そして大通りに出て東に向かい、二番地の裏通りにある宿屋に入った。

受付をスルーして酒場に向かうと、カウンターで親父に葡萄酒を注文し、チビリチビリと舐《な》めながら聞き耳を立てる。

「昨日――儲《もう》かっ――」

「――の話なんだけ――」

「明日はどこに――」

「そういえば――」

「例の――黄金り――」

ジョン・トランボはフードを深くかぶり直し、足音を立てるでもなく、完全に消すでもなく、自然体でゆらりと気配を殺しながら動き、目的の男達の近くにある柱にもたれ、男達の話を盗《ぬす》み聞く。

「公爵は黄金竜の素材を入手している」

「確かか？」

「あぁ、情報はもうあちらに送ってある」

ジョン・トランボはフードの中で小さく舌打ちした。

既《すで》に伝えられてしまった以上、こいつらを始末しても情報を止めることは難しい。

「では？」

「……恐らくな。準備はしておけ」

「了解した」

酒場から出ていく男達を見送ると、ジョン・トランボは葡萄酒を飲み干し、消えるように酒場を後にした。

「ふぅ……」

一連の情報を上に伝えて任務を完了させ、洗面具を持って中庭に向かう。

比較的貴重な闇属性の適性があったことで冒険者としての活動の幅《はば》が広がった。仕事も増えた。

Bランクにもなった。しかし増えた仕事が問題だ、とジョン・トランボは思う。

なにが悲しくて、真夏に分厚い外套を目深にかぶらないといかんのだ？　俺はアサシンなのか？

クリードなのか？　蒸し暑いわ、汗がダラダラ出るわで最悪でしかない。

しかし彼も分かってはいる。万が一にも正体がバレないために姿を隠しておくことは重要なのだ。それは仕方がない。

それにしても今日は最悪だった。と彼は考える。

ヤツら、いくら情報屋だとバレないようにするためとはいえ、あんなボロい格好までする必要あるか？　演技過剰《かじょう》だろ！　あいつら絶対に水浴びすらしてないぞ。しかも、路地裏で寝てた男も情報屋の用心棒だろう。あんな小便臭い路地裏に寝転ぶとか信じられない。

そう考えながらジョン・トランボは服を脱《ぬ》いだ。

「闇よ、我が身と共に《ナイトウォーク》」

闇がジョン・トランボを包み、その気配が薄くなった。

鎖帷子《くさりかたびら》を外して下着を脱いで丸裸《まるはだか》になる。

「フンッ！」

全裸で筋肉に力を入れ、ポーズを取る。

フンッフンッフンッ！　とポーズを変え、筋肉の大きさと位置を再確認し、納得してから井戸《いど》で水を汲《く》み上げ、それをザバッとかぶる。

今日も全身の筋肉は絶好調のようだ。

そうしていると、目の前を事務員の女性が通りかかった。しかし全裸のジョン・トランボには気付かない。これが闇魔法ナイトウォークの力なのだ。

本来、クランハウスの中心にあって人通りの多いこの中庭での水浴びは禁止されている。だがそのルールも彼には適応されない。……もとい、バレなきゃ問題ないのだ。

ジョン・トランボは上質な布で体を磨《みが》く。

あの裏路地で染《し》み付いた臭いを拭《ぬぐ》い取るように磨いていく。そしてまたザパリと水をかぶる。

いい感じにキレイになった、とジョン・トランボは思い、ポーズを取る。自然と「フンフン～」と鼻歌も流れ出す。

そうだ、今日はお気に入りの香油《こうゆ》を使おう。そうすればあの酷い臭いも消えるだろう。そう考えながらジョリジョリと髭を剃《そ》る。

そう考えると、どんどん楽しくなってきて鼻歌も次第に大きくなっていく――

「フンフンフン……‼⁇⁉」

ふいに視線を感じたジョン・トランボが上を向くと、三階の窓に一人の少年と一匹《ぴき》の獣《けもの》の顔。

少年と獣は眉間《みけん》にシワを寄せ、まるで虫けらでも見るような目でこちらを――

「ばっ、馬鹿《ばか》な！　闇魔法ナイトウォークを見破った⁉」

ジョン・トランボは両手で大事なところを握りながら驚愕《きょうがく》した。

ナイトウォークは気配を小さくし、相手にこちらの存在を気付かせないようにする魔法。

大きな音を出したり目立たない限りはこちらの存在を把握出来ないはずなのに、何故だ！　とジョン・トランボは思う。

「アホか！　全裸で鼻歌たれ流しながら気持ちの悪い踊《おど》りかましてりゃ誰でも気付くわ！」

「とっととその粗末《そまつ》なモノ仕舞《しま》えや！」

「フンフンフンフンうるせぇんだよ！　糞《くそ》でも漏らしてんのか！」

「馬鹿な……」

中庭に面する部屋からの苦情がジョン・トランボに殺到《さっとう》。

そして極《きわ》めつきは先程、目の前を通った事務員の女性が戻ってきて「見えてないフリをするのが大変でした……」と証言したことでジョン・トランボは膝《ひざ》から崩れ落ちたのだった。

その後、彼の二つ名が『闇のソードダンサー』から『闇のナイフダンサー』に変わったのは言うまでもない。

第五章　要塞都市ゴラントン

CHAPTER 5

「ということで、ゴラントンに行くよ！」

夜の食堂で食事をしていると、向かいに座《すわ》ったシームさんがそう言った。

「いきなりですね」

というか、なんだか前にもこんなことがあったような気がするぞ。

「こらっ！」

後ろから来たサイラスさんがシームさんの口を塞《ふさ》ぎながら小声で「声が大きい！」と言う。

どうやらまた人に聞かれたくない話らしい。

「……またなにか厄介事《やっかいごと》ですか？　それにゴラントンってどこなんです？」

「あぁ、説明する」

と、サイラスさんは椅子《いす》に座り、小さな声で話し始めた。

「公爵様《こうしやくさま》から依頼《いらい》が来たんだ」

なるほど。確か公爵様に謁見《えつけん》した時、騎士《きし》になりたいというサイラスさんの要望が拒否《きよひ》され、機会があれば使うから、その働きで判断する的な話になっていたはず。

「詳《くわ》しい内容はここでは言えないが、北にあるゴラントンでやることがあるんだ。だから暫《しばら》く付き合ってくれないか？」

「それはいいですけど、僕《ぼく》が付いていっていいものなんですか？」

「あぁ、パーティで受けていいと許可は得てる」

という感じでゴラントンに向けて出発することになった。


翌日、早朝に北門から乗り合い馬車に乗り、北上する。

メンバーは最近お馴染《なじ》みになってきた四人。サイラスさんとシームさんとルシールと僕。それにシオンもか。

このところ、なにかあればこのメンバーで活動することが増えてきたけど、こうやってなんとなく仲間になっていく感じもいいかもしれないね。

そうして狭《せま》っ苦しい馬車に揺《ゆ》られ続け、夕方頃《ごろ》に着いた村で宿を取り、その食堂でぬるいエールを流し込《こ》みながら改めて今回の依頼について聞いていく。

「で、今回の依頼の内容ってなんです？」

「まぁ……簡単に言うなら調査、かな」

そう言ってサイラスさんは少し考えてから言葉を続けた。

「実は俺《おれ》も詳しい話は教えてもらえてないんだが、市場でいくつか物の値段を調査してくるように言われたんだ。皆《みな》にはそれを手伝ってほしい。勿論《もちろん》、ちゃんと報酬《ほうしゅう》も出るぞ」

「物の値段……ね」

ルシールが小さくつぶやく。

公爵様が物の値段を調べようとしている。う〜ん……公爵様が知りたがるならなにか意味があるのだろうけど……。しかし、仮に意味があるとして、僕達《たち》のような冒険者《ぼうけんしゃ》に重要なことを任せるとは思えない。公爵様にだってそれなりに優秀《ゆうしゅう》な部下はいるだろうし。それ以前に、冒険者に頼《たの》むにしても僕ら以上に信頼《しんらい》出来る人はクランにいるはずだ。

つまり、今回の依頼はそこそこ意味はあるけど失敗してもそこまで痛くないレベルのモノ。そして出来れば公爵家の手の者は使いたくない。

そんな感じだろうか？

「それに現地の冒険者に最近の町の状況《じょうきょう》について聞いてこいとも言われたな」

「なるほど」

なんとなく分かったような分からないような……。ただ、公爵様が今そのゴラントンの町を気にしているのは分かる。

「それで、そのゴラントンとはどんな町なんです？　それと、公爵様が何故《なぜ》そんな依頼をするのか聞きました？」

「無茶言うなよ。あの空気の中で依頼の理由なんて聞けないって」

「要塞《ようさい》都市ゴラントンはアルノルンの北にある町。カリム王国との国境を守るための重要拠点《きょてん》で、代々グレスポ公爵が治めている」

と、ルシールが説明してくれた。

ちなみにシームさんはいつものようにシオンと戯《じゃ》れている。

「グレスポ公爵って、シューメル公爵家と仲が悪いという噂《うわさ》の？」

「そう」

「黄金竜《りゅう》の素材を狙《ねら》っているという噂の？」

「そう」

う〜ん……。これはどうなんだろう？

確か、商人達の噂ではグレスポ公爵領にいつも以上に物資が運び込まれていたという話だし、それが関係しているのだろうか。

思ったよりも重要そうな話になってきている気がするけど……。

「でも、どうして公爵様は僕達――サイラスさんにこの依頼をしたのだろう」

という疑問が口から漏《も》れた。

「そりゃあ、公爵様が俺の将来性を見込んで重要な任務を任せようとしたんだろうな！」

「ないない」

「キュッキュッ」

「……お前らなんでそんな時だけ話に入ってくるんだよ」

　サイラスさんがうなだれる。

　と、ルシールが口を開いた。

「多分、公爵家の人間とかクランの上位メンバーは使いたくなかった。彼《かれ》らはそれなりに知られているから」

　なるほど。確かにそれはあるのかもしれない。僕達のようにクランに所属している無名のパーティなら、それなりに信用出来て顔も割れてないはずだしね。


　それから二日、馬車の旅は順調に進み、ようやく要塞都市ゴラントンが目の前に現れた。

「もうすぐゴラントンに着くぞ」

　御者《ぎょしゃ》の言葉に前方を見ると、馬車の幌《ほろ》の隙間《すきま》から巨大《きょだい》な石の壁《かべ》が見えていた。

　谷間に出来た道を塞ぐように建造された大きな壁。その壁の中央部が大きく膨《ふく》らんでいて町が形成されている。

　恐《おそ》らく上空から見ると『中』の字のような形になっているのだろう。

　流石《さすが》に『要塞都市』と言われているだけあり、今まで見たどの都市よりも壁が高い。この場所を抜《ぬ》けてこちらに攻《せ》め入るのは簡単ではないはずだ。

　馬車は巨大な門を抜けて町の中に入り、そこで止まった。

「肉だ！　肉ならなんでも買い取ってるぞ！」

「本日は全《すべ》て通常時の一割上乗せで買い取ってます！」

「こっちは二割上乗せだ！」

「ケル草はこっちで買い取ってる！　いくらでも買うぞ！」

「うちはもっと高く買い取ってるぞ！」

順番に馬車を降りると、そこは人でごった返していた。

ビックリするぐらい活気がある。

丁度、冒険者が帰ってくる時間帯だからなのか、多くの冒険者達が門前にいて、そこに集まっている商人達と交渉《こうしょう》をしていた。

いつもこんなに賑《にぎ》わっているのだろうか？

すると、馬車から降りたサイラスさんが勢いよく喋《しゃべ》り始めた。

「よしっ！　早速《さっそく》、依頼に取り掛《か》かろう！」

「なに言ってんの？　浮《う》かれすぎ！　もう日が沈《しず》むでしょ」

「……確かに。じゃあ宿屋でも探すか」

という夫婦漫才《めおとまんざい》の後、入れ替《か》わるようにルシールが口を開く。

「ここから東の路地裏に変わった肉料理を出す宿屋があると吟遊《ぎんゆう》詩人マーロニが本に書いてた」

「……それっていつの本よ？」

「マーロニが生きていた時代なんだから一〇〇年前に決まってる」

「分かるか！　それに絶対もうやってないわ！」

なんだろう。この三人はふとしたタイミングでボケとツッコミが入れ替わるから面白《おもしろ》い。

凄《すご》く良いトリオな気がする。

そしてその日は大通り沿いに適当に宿を取り、適当に晩ご飯を済ませて寝《ね》た。


翌日、朝起きて集まり、皆で手分けして市場で物価を調べることになった。

サイラスさんから手渡《てわた》された調査リストには物品名が羅列《られつ》してあり、可能ならそれぞれ二店舗《てんぽ》以上で価格を調べる必要があるらしい。

その際、出来る限り怪《あや》しくないように調査しなければならない、という条件もあった。

色々と厳しいし、面倒《めんどう》だけど仕方がない。これも仕事だ。

「じゃあ俺は町の北側を調査する。皆は中央市場を中心に調べていってくれ。分かってるとは思うが、危険なエリアまで調査する必要はないからな。日が落ちるまでには戻《もど》れよ」

「りょうかーい」

「分かった」

「分かりました」

そうして宿の前で解散し、それぞれが別々の方向に歩いていった。

「さて、と」

皆を見送ってから調査リストに目を落とす。

リストの中には葡萄酒《ぶどうしゅ》や塩といった食料品からロープや鉄鉱石といった物まである。

「鉄鉱石とかどうやって調べればいいのか……」

普通《ふつう》に売っているような商品でもないし、市場に行っても難しい気がするけど。

「まぁいいか。とりあえず歩きながら考えよう」

賑わう町中をリストを片手に彷徨《さまよ》い、店を探していった。

「すみません。このアッポルいくらですか?」

「銅貨一枚じゃぞ」

「じゃあこれで」

露店主《ろてんしゅ》に銅貨を渡してアッポルを一つ受け取る。

アッポルの価格は三個で銅貨一枚が相場だったから高い気がする。しかし質によって値段も上下するだろうし、季節や収穫《しゅうかく》量《りょう》や地域によっても多少変わってくるので、この価格が割高なのかは判断出来ない。

その辺りの話を店主に聞いてもいいけど、あまり目立ちすぎる行動は控《ひか》えるように言われているし、そのまま立ち去り、リストに価格を記入する。

それに判断するのは上の仕事だしね。僕らに求められているのはデータの提出だけだし。

そうこうしながら市場を歩き、露店を冷やかし、値札の値段をリストに書き取りながら歩いていると、いつの間にか冒険者ギルドの前に来ていた。

「冒険者ギルド……か」

そういや、この町の冒険者の話も聞いておく必要があるとか聞いた気がする。

「ついでに行ってみようかな」

重厚《じゅうこう》な扉《とびら》をくぐり抜け、冒険者ギルドに入る。

中は大都市でよく見る大型の冒険者ギルドで、中の雰囲気《ふんいき》も大都市の冒険者ギルドと同じくワイワイガヤガヤとして――いなかった。

「はて……」

大都市の冒険者ギルドは大体どの時間帯にも冒険者が多く、酒場も併設《へいせつ》されているので賑わっている。はずなのだけど……ここの冒険者ギルドはそうでもないらしい。

周囲をグルリと見回し、それから依頼が貼《は》り出される掲示板《けいじばん》に向かう。

「……なんだこれ」

そこにあったのは大量の木の板。依頼が書かれた木の板が大量に吊《つ》り下げられていたのだ。

「えぇっと……薬草高価買取、食肉なんでも高額買取、鉄鉱石の輸送依頼――」

どの依頼にも『相場より高額』という謳《うた》い文句が並んでいる。

通常、食肉など日常で使われるような一般《いっぱん》的な素材は冒険者ギルドなど通さず、店と冒険者の間で直接売買される。

安価な素材の売買に冒険者ギルドを挟《はさ》むと利益が出なくなるからだ。

それでも冒険者ギルドに依頼してくるということは……。

「それだけ困っているのか」

そして、冒険者ギルドを噛《か》ませても利益が出るぐらい需要《じゅよう》が増えている。

色々と考えながら掲示板の前から歩いていくと、酒場の方から酔《よ》っぱらいの叫《さけ》び声が聞こえた。

「チクショー！　こんな時に怪我《けが》するなんてよ……。飲まずにやってられるか！」

「もうそれぐらいにしときなよ。飲みすぎだぞ」

「うるせぇ！」

酒場のマスターにたしなめられている冒険者を見ると、脚《あし》が包帯でぐるぐる巻きにされていた。

どうやら折れているらしい。

回復魔法《まほう》やポーションがあって怪我は治療《ちりょう》しやすい世界だけど、お金がなければ治療出来ない。骨が折れたり傷が内臓まで到達《とうたつ》した場合、それなりに高額になるみたいなので、彼はそれが払《はら》えなかったのだろう。

それにしても、どうやらこの酒場にいる冒険者は彼のように怪我などで働けない冒険者ばかりで、動ける冒険者は全員なんらかの仕事に向かっているっぽい。その日の気分で気まぐれに朝から飲んだくれたりする冒険者も少なくないのにこの状況。今は相当、儲《もう》かるのだろう。

酔いつぶれている冒険者に若干《じゃっかん》の罪悪感を覚えながら階段を上がり、ついでに二階の資料室を見学していく。

新しい町に来た場合、出来るだけ冒険者ギルドの資料室は見ておくようにしているのだ。

一般人が無料で書物を読めるのはここだけだからね。

とはいっても、冒険者ギルドで読める書物は基本的にその町の周囲のモンスターや植物に関するモノがほとんど。最近は新しい本に出会うことは少なくなってきている。

それでも、町の周辺にどんなモンスターが生息しているのか知っておくのは重要だと思うし、無駄《むだ》にはなっていないと思う。

端《はし》からモンスターの情報が書かれている木版をチェックしていき、次に植物の情報が書かれた木版もチェック。そしてその他の書物をチェックしていく中で、一冊の本に目が留まった。

「『カナディーラ共和国の誕生』、ね」

前にクランの資料室で似たタイトルの本を見た記憶《きおく》がある。確かあの本のタイトルは『カナディーラ共和国建国記』だったはず。この本とは若干タイトルが違《ちが》うけど、意味的にはほとんど同じ。

少し気になったので本を手に取り、パラパラと読み進めていった。


カナディーラ王国、第一四代国王ヨルンティウスが病《やまい》に倒《たお》れ、若くしてご逝去《せいきょ》される。

国王ヨルンティウスには子がおらず男兄弟もいなかったことで、一三代国王の弟であるヨルティクスの子、王位継承権《けいしょうけん》第一位であったヨルケイレス・グレスポ公爵が王位継承を宣言するが、ヨルケイレスが若すぎることを理由に王妃《おうひ》が王位継承の延期を通告。その協議の最中、将軍であったシユーメル公爵が妻である王妹との間に出来た子の王位継承権を主張したことで混乱が深まった。

そのスキを突《つ》いて隣国《りんごく》カリム王国がカナディーラ王国に侵攻《しんこう》。

国存亡の危機が訪《おとず》れたことでグレスポ公爵を中心に三公爵が和解。不可侵条約を結ぶ。そしてカリム王国を退《しりぞ》け、三公爵を中心とした、王を置かないカナディーラ共和国が生まれた。

「あれっ？」

なんだか、前に見た話とちょっと違う気がするぞ。

頭をフル回転させ、カナディーラ共和国建国記の内容を思い出していく。

確か、昔カナディーラが王国だった時、カナディーラ国王が子を生《な》す前に亡《な》くなり、次の国王の座を巡《めぐ》って王妃と王妃の一族であるアルメイル公爵の派閥《はばつ》と、前王の弟の子供であるグレスポ公爵の派閥が対立した、と書かれていたはず。

ここまではどちらの本もほとんど同じだけど、その後の話が違っている。

カナディーラ共和国建国記では、王の妹がその状況を憂《う》い、夫であるシューメル公爵と共に事態の収拾に当たろうとして三つ巴《どもえ》の争いになってしまい。カリム王国の侵略後はシューメル公爵を中心に和解し、現在の三公爵による共和国制に繋《つな》がったと書いてあったはず。

しかしこちらの本では、前王の弟の子――つまり当時のグレスポ公爵が王位継承権第一位を保有していたのに王妃とシューメル公爵が認めなかったので争いになり、カリム王国の侵略後はグレスポ公爵を中心に和解した、といった感じの内容。

「う～ん……」

同じ内容が書かれているはずの二つの本について考えていく。

グルグルと頭を回転させて、なんとなくの答えは出た。

「どちらの本も間違ってはいないのかも」

どちらの本も大筋では同じことを書いているのだ。

ただし、同じ事象でも見る角度が違っていて、それぞれ都合の悪い要素が少し排除《はいじょ》されている。

ただそれだけだ。

例えば、当時の王の妹が国の未来を憂《うれ》いて、夫であるシューメル公爵に助けを求めたのは事実かもしれないし。その手段として、シューメル公爵が自分の息子《むすこ》に王位を取らせようとしたのも事実かもしれない。

そして、当時のグレスポ公爵が王位継承権を持っていたのかもしれないし。王妃とグレスポ公爵の話し合いだけでは結論が出せなかったのも事実かもしれない。

別にこれらの話は全て矛盾《むじゅん》していない。

それぞれ少しずつ、書かれなかった事実があっただけだ。

「やっぱり本の内容を鵜呑《うの》みにするのは危険だよね」

仮に本の中で断言されていることがあっても、それはその筆者の主観だ。もしかするとその筆者が気付いていない――もしくはあえて書かなかった新しい要素があって、それを加えて考えると別の答えが導き出される可能性もある。

今回は歴史に関する本だったけど、他にも技術的な本とか、もっと言うとモンスターとか薬草や魔法に関する記載《きさい》も客観的事実とは少しズレていることだってあるのだ。

本を閉じて棚《たな》に戻す。

「ここまで来たら、次はアルメイル公爵側から見た本も読みたいかも」

アルメイル公爵――つまり王妃側の視点で書かれた歴史書にはどういったストーリーが描《えが》かれているのか、純粋《じゅんすい》に興味が湧《わ》いてきた。

今の感じだと、きっとその本には『カナディーラ共和国建国記』にも『カナディーラ共和国の誕生』にも書かれていない別の要素が含《ふく》まれていて、まったく違う角度から見られるようになるのだろう。

なんとなくだけど、そんな気がするのだ。

しかし、こうやって歴史の一ページを紐解《ひもと》いていくのも面白いなぁと思う。

恐らく今のこの国ではこういった二つの歴史書の差異に関する話はどこにも発表出来ないだろう。

それは、この国のどの勢力にとっても色々と都合が悪そうだからだ。

そうした誰《だれ》にも言えない歴史をまとめてみるのも面白そうだ。

少しワクワクした気分で残りの本を確かめていると、また面白そうなものを見付けた。

「これは……」

それは『ゴラントンの歩き方』という本。

中には簡単な町の地図が描いてあり、いくつか観光名所やお店の簡単な紹介《しょうかい》などが書き込まれていた。

「へー、珍《めずら》しい」

こういった地図はほとんど見かけないので驚《おどろ》いた。

ワールドマップ的な地形図は秘匿《ひとく》されているらしいけど、町中の地図なら大丈夫《だいじょうぶ》なのかな？

しかし誰が作ったのだろうか？

パラパラと読み進めていき、本屋とか面白そうなお店がないか確認《かくにん》していく。と――

「ん？」

町の東地区の中に『ニハトの宿屋』という店を見付けた。

それ自体は別になんてことはない宿屋っぽいけど、その中の紹介文に既視《きし》感を覚えたのだ。

◆　◆　◆

それから日が暮れる前に宿に戻り、皆が揃《そろ》って夕食にしようか、というところで皆に提案してみた。

「今日の夕食と宿なんだけどさ、別の場所に変えない？」

「別の場所って、アテでもあるのか？」

「えぇぇ、もうお腹《なか》すいたんだけど！」

「キュゥ！」

既《すで》に反対に二票入りかけているけど、諦《あきら》めずに殺し文句を追加していく。

「実は昼間に良さそうな店を見付けたんだ。ご飯が凄く美味《おい》しいらしいよ」

「それじゃあ神速で宿を移るよ！」

「キュ！」

「どちらでも」

「賛成多数で決まりだな。じゃあその店に行くか。ルーク、案内してくれ」

全員で宿を出て、東地区に向かう。

道は例の地図を写しているので問題ない。

仕事帰りの冒険者達が通る大通りを抜け、一本裏道に入った場所にその店はあった。

「ニハトの宿屋……」

「見覚えある？」

宿屋の名前を見て反応したルシールに聞いてみると、彼女《かのじょ》はゆっくりと頷《うなず》いた。

「マーロニが本に書いていた店」

「やっぱりそうだったんだね」

「えぇぇー、じゃあ一〇〇年前の宿屋がまだ残ってたんだ……まぁいいや、とにかく美味しいご飯だー！」

「キュキュキュ！」

一人と一匹《ぴき》が宿屋に突入《とつにゅう》するのに続き、僕達も入る。

中に入ってみると、壁に謎《なぞ》の模様が入った布が掛けられてたり、雰囲気的にはエスニックな感じがする宿屋になっていた。

早速、部屋を確保し、全員で食堂になだれ込み、食事とエールを注文。エールを喉奥《のどおく》に流し込む。

「ふはー」

「やっぱり仕事終わりの一杯《いっぱい》は旨《うま》いぜ」

などと言いながら本日の成果を発表しながら明日の予定を立てていると、待ちに待ったモノが僕達のテーブルに届いた。

「お待たせしましたー！　当店名物のキョフテだよ！」

「おぉー！」

「旨そうじゃないか！」

テーブルの上に並べられた料理は、簡単に言うならミートボールだった。

皿の中に直径五センチぐらいのミートボールが並び、付け合わせに謎の葉っぱと蒸した芋《いも》が乗っている。

ナイフを取り出し、キョフテを半分に割ってから口に運んだ。

「旨い」

「あぁ、中々いけるな」

なんの肉かはサッパリ分からないけど肉々しさが強く、ハーブやスパイスの風味も強く感じる。

なんだか久し振《ぶ》りにハンバーグとかミートボールを食べたような感覚になって、懐《なつ》かしい気持ちになってきた。

「これが、吟遊詩人マーロニが愛した食べ物……」

「そうだね」

ルシールは少し感動しているようだった。

本の中だけで存在していた食べ物を実際に口にしたら、そういう反応になるかもしれない。

改めて思うけど、やっぱり自分で実際に体験してみて確かめてみることは重要なことなのだと思う。

歴史書の話にしても、一冊の本の話を鵜呑みにするのではなく、実際に自分で調べてみることが重要で。

このお店にしても、一〇〇年前の話だからと、もう存在していないと決めつけるのはよくない。

そしてこの料理についても、本を読むだけでは気付けない。舌で味わってみないとなにも分からないことだらけなのだ。

そんなことを考えながら楽しい時間は過ぎていき。翌日も順調に調査を終わらせ。数日後、僕達はアルノルンの町に戻ってきたのだった。

閑章

彼女達は魔王城へ

INTERMISSION

ポプル族の長老が謎《なぞ》の儀式《ぎしき》で聖なる獣《けもの》を呼んでから七日後、再び祭壇《さいだん》の前に全員が集まっていた。

「……本当に来るのでしょうね？」

「ほんに疑《うたぐ》り深い聖女様だで。ちゃんと呼んだで、来るがね」

この七日間、村に泊《と》まり込《こ》んで聖なる獣を待ち続けたのだ。

「しかし、伝説には七日も待ったなどとは書かれておりません！」

「そらぁ伝説なんぞ、良いことだけだで、臭《くさ》いものには……おおっとゲフンゲフン……持病のお尻《しり》
プリプリ病で咳《せき》が出てもうた」

「……」

そう言いながら長老は咳をした。

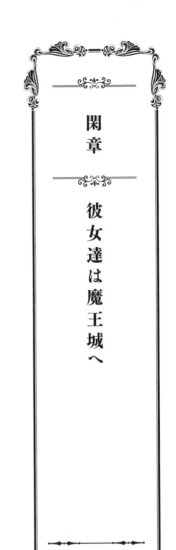

カノンは思った。わざとらしい、と。

でも、確かに表に残っている伝説などはそんなモノだろう。誰《だれ》かが意図的に改ざんしなくても、自然とウケが悪い部分が消えていき、目立つ部分が残る。

「まぁ、今日来よらんかったら、また儀式を――」

「あれはもういいです！」

ルシアーナがピシャリと断った。

「そうかいの。まぁ天気が悪けりゃ遅《おく》れるかもしれんかいの。気長に待ちんさい」

「そんな、馬車じゃあるまいし……」

どうやら聖なる獣とやらの召喚《しょうかん》とは、この場に聖なる獣をいきなり呼び出すようなモノではなく、文字通り『呼び出す』だけで、ここまで来るのは聖なる獣の自力だという。

なんとも物理的でアナログなモノだった。

長老は地面に布を敷《し》いて、村娘《むらむすめ》とゆっくり酒を飲んでいる。

しかし自分達はこれから敵の本拠地《ほんきょち》、魔王城《まおう》に行くので飲むに飲めない。

なんだかなぁ、とカノンは思った。

そんな時。地面に影《かげ》が出来た。

全員が空を見上げる。

「おいでなすった！」

長老がそう叫《さけ》び、立ち上がる。村娘達《たち》も立ち上がってワイワイ騒《さわ》いでいる。

ソレはゆっくりと旋回《せんかい》しながら高度を下げていく。

「キレイ……」

カノンは思わずそう口に出していた。

太陽の光で輝《かがや》く黄金《こがね》色の翼《つばさ》が、空に浮《う》かんでいた。

第六章　騎士靴の足音

CHAPTER 6

その日は朝からウルケ婆《ばあ》さんの店に行った。

「すみません」

「お前さんかい。あの闇水晶《やみすいしょう》の属性武器のクレームは受け付けないよ」

「あぁ、いえ、そうではなくてですね。今日は一つ質問がありまして」

「なんだい、冷やかしなら帰んな！」

「あぁ！　いや、これが欲《ほ》しいなぁ……って！」

適当に棚《たな》にあったアイテムを掴《つか》んでカウンターテーブルに載《の》せる。

「ふん……金貨一枚だね」

「たっか……いや、はい金貨一枚。……それでですね、コンロってあるじゃないですか。あれってどこの誰《だれ》が発明したのかご存じかなぁ……って」

「……さてね。私が気付いた時にはコンロとして売られてたからね。アルッポに行けば記録なんかが残ってるかもしれないが。まぁ、そんな記録、一般人《いっぱんじん》には見せてもらえないだろうけどね」

アルッポの町か……以前にもその名前が出てきた気がする。確か、裂《さ》け目のダンジョンがある町だったはず。

「アルッポの町に行けば分かるって、そこにはなにがあるのですか?」

「あそこには錬金術師《れんきんじゅつし》ギルドがある、大きいのがね。私も元はそこで修行してたのさ」

「なるほど」

アルッポか。興味はあるけど、クランに入っている以上、移動は簡単ではない気がする。う〜ん、やっぱりこういう時は組織に所属するデメリットを感じるなぁ。でも、黄金竜《りゅう》の巣とか古代遺跡《いせき》とかに出会えたのはクランのおかげだし、このあたりは難しいね。

ウルケ婆さんに礼を言い、店の扉《とびら》を開ける。

「あぁ、それと。その魔力《まりょく》ポーションの使用期限は七日程度だからね。それまでに使っちまいなよ。期限が切れたら効かないからね!」

「その、って……あぁ、これか!」

さっき適当に掴んで買ったこれか! メッチャクチャ高いと思ったら魔力ポーションなのか……そんなもの今まで一回もお世話になったことないのに、七日以内に使い切れって言われても無理だよ……。仕方がない、せっかくだし適当に魔力減らして効果を確かめるか……。

そうして数日間は、減った物資を買い直したりして過ごした。

そして、復活した滝《たき》に阻《はば》まれて洞窟《どうくつ》の家に戻《もど》れなくなり、クランハウスに宿泊《しゅくはく》しているボロックさんと久し振《ぶ》りに酒を酌《く》み交《か》わした。

「そういえば、ボロックさん」

「うん？」

「この前、会った時、どうしてヨーホイと挨拶《あいさつ》しなかったのですか？　僕《ぼく》はてっきりヨーホイってドワーフの挨拶だと思ってましたよ」

「ドワーフの挨拶で間違《まちが》っとらんよ。ただ、地上のやり方に合わせておるだけじゃわい」

なるほど。

「じゃあ何故《なぜ》、僕と初めて会った時、ヨーホイと挨拶したのですか？」

「それはの……。まぁ、ワシも驚《おどろ》いて混乱しとったんじゃろうな。まさかあんな場所で人の子と会うとは思わんからの」

「確かに」

「お前さんのことじゃがの」

ドワーフの里にいた時は、毎日のようにこうやって語っていたけど、まさかまたボロックさんと飲める日が来るとは思わなかった。

色々と聞いていくと、ボロックさんは久し振りに子供と孫に会えて喜んでいるようだった。僕からするとサブスには色々と思うところはあるけど、ボロックさんからしたら孫だし、サブスもまた、甘《あま》くてクリーミーで素晴《すば》らしいキャンディーが貰《もら》えるぐらいには特別な存在だったのだろう。

黄金竜の巣のあれこれに関しては、ボロックさんが言うには、公爵様《こうしやくさま》への説明が長引いているようで、報酬《ほうしゆう》はもう少しかかるらしい。

さて、どうなることやら……。

◆　◆　◆

次の日は朝からソロで仕事に出かけることにした。

いつもの大通りを抜《ぬ》け、いつもと変わらない町並みを通り過ぎて冒険者《ぼうけんしや》ギルドの扉を開ける。

朝のギルドはいつものように冒険者達《たち》で溢《あふ》れていて、今日も繁盛《はんじよう》している。

ランクフルトとかエレムでは毎日のように通っていた冒険者ギルドだけど、この町ではそんなに行けてない。クランからのあれこれで忙《いそが》しかったしね。

扉を入って左側にある掲示板《けいじばん》を誰かの肩越《かたご》しに覗《のぞ》く。

えぇっと……『ポナ草採取、完璧《かんぺき》に採取出来る方限定』『外郭《がいかく》拡張工事作業員募集《ぼしゆう》、未経験者歓《かん》迎《げい》』『外郭拡張工事護衛、Dランク以上』う～ん、やっぱりあんまり良さそうな依頼《いらい》はないっぽい。

今回も適当に外で狩《か》りでもしようかな？　と思って踵《きびす》を返すと意外なところから声がかかった。

「あっ、ルークさん。ちょっといいですか？」

「エリナンザさん。おはようございます」

彼女《かのじょ》はエリナンザさん。僕がこの冒険者ギルドで冒険者登録をする時に担当してくれた人だ。それからもギルドに来た時はお世話になっている。

エリナンザさんに連れられてギルドの端《はし》っこに移動すると、彼女は小声で話し始めた。

「実はですね、ギルドの方ではルークさんのランクをDに上げたいと考えているのですが」

「いきなりDですか？」

これは少し驚いた。飛び級ってことなんだけど、いいのだろうか？　いや、確か冒険者のランクは一定以下まではそれぞれのギルドの裁量によって決められたはずだし、問題ないのか。ん～……それ以前に僕はここの冒険者ギルドではほとんどなにもしてないけど、大丈夫《だいじょうぶ》なのだろうか？

「ええ、ルークさんの実力と実績については黄金竜の爪《つめ》の方からの推薦《すいせん》がありましたので、なにも問題ありません。しかし――」

「しかし？」

「その……あちらから実績の詳細《しょうさい》は開示出来ないと言われまして……」

「あ～……」

僕の実績って、黄金竜の毛の発見と黄金竜の巣の調査だろうしなぁ、それは外には漏《も》らせないかも。

「それでですね、冒険者ギルドとしましては、一応、理由として書けるモノが一つは欲しいなと」

「なるほど」

「なので一つ、依頼を受けていただけませんか？」

それからエリナンザさんに一通りの説明を受け、依頼を引き受けてギルドを出た。

「この町にも慣れてきたなぁ」

と、しみじみ感じながら町を出て、森に入ってマギロケーションを発動。標的を探す。

慣れてきたのはいいことだけど、ただ目の前の状況《じょうきょう》に対処するだけで先のことが見えていない。

「これでいいのかなぁ……」

「キュ？」

「いや、なんでもないよ」

肩の上にいるシオンにそう返し、頭を撫《な》でた。

様々な面で成長したいとは思っているけど、なにをどう頑張《がんば》ればいいのかが難しいのだ。

情報を集めたり勉強をしようと思っても一般人では得られる情報や資料が少なすぎて学びにくい。

そして情報が少ないから目標を見付けることも難しい。

女神《めがみ》の祝福でレベルアップを狙《ねら》うのがシンプルで分かりやすい目標なのだけど、それも最近は停滞《ていたい》している。エレムにいた頃《ころ》はダンジョンでガンガンレベルが上がっていたけど、それも一〇回目のレベルアップあたりから速度が落ちてきて、最近はほとんど上がらなくなってきた。

「まずレベルアップのシステムがよく分からないんだよなぁ」

強いモンスターを多く倒《たお》せば女神の祝福を得やすい。これは様々な冒険者の意見を聞いても一致《いっち》している。

しかし、ランクフルトでのグレートボア討伐《とうばつ》の時も、死の洞窟の中で黒い巨大《きょだい》スライムを討伐した時も女神の祝福は得られなかった。つまり格上モンスターを倒しても巨大な経験値は得られない、という可能性が高い。

「もしかすると抽選《ちゅうせん》方式なのか。あるいは経験値キャップがあるとか……」

モンスターを倒す度《たび》にレベルアップの抽選が回り、自分とモンスターの強さの差によって確率が変わるみたいなシステムとか。自分より強いモンスターを倒すと経験値を多く貰えるけど、それには上限が設定されてあって強すぎる相手を倒しても意味がない、とかさ。この辺りは昔やったゲームであったシステムだ。

「経験値以外に条件があるのかも」

一定以上の筋力量が必要だとか、特定の動作を規定回数以上やっている必要があるとか。こういう設定があるなら睡眠《すいみん》時に女神の祝福を得ることがある理由も説明出来るかもしれない。

まぁ結局のところ、よく分からないんだよね。

自分の経験値とかスキルとかを調べられる鑑定《かんてい》能力とか、ステータス画面みたいなモノがあれば分かりやすいしモチベーションの維持《いじ》がしやすいんだけどねぇ。

「……いないなぁ」

ターゲットモンスターを探して一時間。マギロケーションを使用しても標的が見付からない。

人里から一時間の場所にモンスターがポコポコ湧《わ》いてたら物流の観点から考えると大問題なんだけど、冒険者の財布《さいふ》の観点から考えると、それも大問題だ。

「やっぱり成長するならダンジョンだろうか」

ダンジョンなら少し歩けばポコポコモンスターが湧いて出るから経験値効率も金銭効率も凄《すご》く良い。その分、様々なトラブルが多いことは身をもって学んでいるのだけど、やっぱり現状、能力を磨《みが》くならダンジョンぐらいしか思い付かない。

「それか、学校に入るとか、誰かに弟子入りする、とか？」

冒険者の間ではベテランが新入りに基礎《きそ》的なことを教える場合もあるらしい……というか僕も最初はハンスさんに色々と教わったのだけど。でも、本格的に誰かに師事して学ぶ的なことはあまりないと聞いた。大体の人が自己流でやりながら実地で学んでいく感じだそうだ。

それが成り立つのが女神の祝福の力。

レベルアップでの能力アップでパワープレイ。要するに、難しいことを考えなくてもレベルが上がればボタン連打で勝てるってヤツだ。分かりやすく楽な方向があるなら人はそちらに流れるものだしね。

学校的な施設《しせつ》も現時点ではまだ確認《かくにん》出来てないし、なにかを学ぶとなれば弟子入りしか思い付かない。

「う～ん」

色々と学ぶべきことがある気がするんだよなぁ。

この前、黄金竜の巣に行って初めて古代遺跡に遭遇《そうぐう》したけど、結局あの古代遺跡がどういうモノだったのか僕にはよく分からなかった。これまでは古代遺跡を探索《たんさく》してみたいとずっと思っていたけど、実際にああやって古代遺跡に行ってみて、そこで僕がしたことといえば金銀財宝アーティファクト探しで……これでは『バカどもには丁度いい目くらましだ』と大佐《たいさ》に罵《ののし》られても仕方がない気がしてくる。

確かに僕は古代遺跡に行くという目標を達成した。そしてアーティファクトを発見するという目標も達成した。したけど、それはなんだか、こう……違う気がするのだ。あの場所にはもっと違う価値と面白《おもしろ》さがあった気がする。歴史とロマンが詰《つ》まったなにかが、あそこにはあったはずなんだ。

僕は、それを見付けられるようになりたい。

「うん！　これかな」

「キュキュ？」

シオンの頭をもう一度、撫でる。

なんとなく、自分が進みたい方向性は決まった気がする。それが決まれば、後はとにかくそちらの方向目指して進んでみよう！　まだ手探《てさぐ》りだけどね。

と、前方に動く物体の反応を捉《とら》えた。

姿勢を低くし、足音を殺しながらそちらの方に進んでいくと。

「いた」

鎧《よろい》を着て剣《けん》を持ったゴブリンが三体。なにかの動物の死骸《しがい》を生のままグチャグチャと食べている。

以前、ダンジョンなどで見たゴブリンより一回りぐらい大きい。確か森の村で見たゴブリンは木の皮を食べてたぐらい食料には困っている感じで、他の生き物を狩るような実力はなさそうだったけど、このゴブリンは狩りをするぐらいの実力はあるようだ。

ギルドの説明によると、こいつらはゴブリンソルジャーと呼ばれているらしい。ゴブリンと同じ種族なのか別の種族なのかは謎《なぞ》らしいけど、普通《ふつう》のゴブリンがFランクの最下層なのに対してゴブリンソルジャーはEランク扱《あつか》いで、普通のゴブリンより強いために別物扱いとしているとかなんとか。

まぁランクが変わるぐらい能力に差があるなら別物にしておかないと色々と危ないだろうし妥当《だとう》なところだろう。

さて、早速《さっそく》だけど例の魔法を試《ため》そうか。

最近は大きな仕事終わりでゆっくりしてて外に出られなかったし、ここが絶好の機会だ。

黄金竜の巣の古代遺跡で見付けたこの魔法。

「神聖なる光よ、解《と》き放て、白刃《はくじん》《ホーリーレイ》」

右手に持った杖《つえ》に意識を集中させ、一気に呪文《じゅもん》を詠唱《えいしょう》。

丹田《たんでん》から集まった魔力が体を駆《か》け抜け、右手に集まり杖から放出される。

そして魔力が放たれると同時に空中で五〇センチぐらいの日本刀の刃《は》のような、つららのような光の刃《やいば》に変わり、中央にいたゴブリンを鎧ごと貫《つらぬ》いた。

「グギャ！」

「グギャギャギャ！」

二匹《ひき》のゴブリンがやっとこちらに気付いて慌《あわ》て始める、と同時にゴブリンに刺《さ》さったままの光の刃がガラスが弾《はじ》けるようにパンッと砕《くだ》けて霧散《むさん》する。

これは凄い。やっとまともな攻撃《こうげき》魔法が手に入った。やっぱりライトボールでは火力不足感があったしね。

「でも人前じゃ使えないんだけどね、っと！　神聖なる光よ、解き放て、白刃《ホーリーレイ》」

こちらに向かってくるゴブリンソルジャーに続けてホーリーレイを連射して屠《ほふ》る。

贅沢《ぜいたく》を言えば、そろそろ範囲《はんい》魔法的なモノも欲しいところ。こういう場面で連射しなくても一撃で倒せたら大きいし。まぁそれは今後のお楽しみということで。

「この調子でどんどん狩っていきますか」

「キュ！」

そうしてその日はゴブリンソルジャーを狩り尽《つ》くし、僕はDランクに昇格《しょうかく》。もとい、復帰したのだった。

◆　◆　◆

「ふぁ……ん？　なんだか騒《さわ》がしいな」

その日は朝からクラン内部が騒がしかった。

ベッドから起き上がり、いつものように浄化《じょうか》をかけてから部屋の外に出て、階段を下りる。

「すみません。なにかあったのですか？」

忙しそうに動いている事務の男性を呼び止めて話を聞くと、彼《かれ》は少し口ごもり「すみません。私も確かなことはなにも分かってないんです」と答え、そして去っていった。

「どうなってるんだ？」

誰か話が出来そうな人を探して食堂に行き、そこで食堂のオバちゃんにさっきの質問をして「知らんわい」と返され、資料室に行き、やっとルシールを見付けた。

「よかった。ルシール、クランの中が騒がしいけど、なにがあったか知らない？」

ルシールは本から目を離《はな》さずに答えた。

「……グレスポ公爵が兵を動かしたという噂《うわさ》が出てる」

「兵を動かす……って、どこに、なんの目的で？」

ルシールは「さぁ」と言った後、こちらを見る。

「黄金竜の素材のことかも」

「えっ」

「グレスポ公爵はシューメル公爵と仲が悪い。黄金竜の素材を渡《わた》すよう、昔からずっと要求していた。今回の黄金竜の移動でシューメル公爵が黄金竜の落とし物を得たという情報ぐらい、グレスポ公爵なら掴んでいてもおかしくない」

確かに、仲の悪い貴族同士、相手の領地に間者の一人や二人ぐらい潜《もぐ》り込《こ》ませているだろうし、そういった情報は手に入れていてもおかしくない。

「それだけならまだいい。もし、黄金竜の巣を調査したことがバレていたら？」

「……よろしくないね」

そうだったら最悪だ。ただでさえ神聖教会が絡《から》んでややこしくなりそうな話なのに、グレスポ公爵まで絡んできたら余計にややこしくなる。しかし、現時点で僕らにはどうしようもない。

そう考えていると、資料室の扉が勢いよく開かれ、サイラスさんとシームさんが入ってきた。

「ここにいたか！　マズいぞ、グレスポ公爵の兵がこの町に向かっているらしい！」

「それは、本当に？」

「あぁ、そのことでクランマスターが俺《おれ》達を呼んでいる」

四人で揃《そろ》ってクランマスターの部屋に行くと、そこにはミミさんとゴルドさんとボロックさんも揃っていた。

「来たな。少々面倒《めんどう》なことになってきた。グレスポ公爵がこちらに兵を差し向けたらしい」

クランマスターはそう言った後、腕《うで》を組み、話を続ける。

「……それで、念の為《ため》の確認だがよ、お前達……親父《おやじ》もだが、例の話は誰にもしていないよな？」

「当たり前じゃわい」

「言ってねぇよ」

「勿論《もちろん》です」

僕も含《ふく》め、全員が否定していく。

元々、余計な話なんてするつもりはないけど、アレは誰かに話しても損が大きすぎるし言うはずがない。

「そうか、ならいい」

「ふむ、黄金竜の素材が目当てかの？　しかし、いくら黄金竜の素材が欲しいと言うても兵で脅《おど》しをかけるほどかのぅ……」

「まだ分からねぇ。だがタイミング的にそれを考えちまう」

「難儀《なんぎ》なことじゃのぅ。国の中で正面切って表で争うなんぞ、他国に付け入られるスキを与《あた》えるだけじゃのに。愚《おろ》かなことじゃよ」

そうしていると、ドアがコンコンとノックされ、一人の男性が入ってきた。

「クランマスター、お手紙です」

「あぁ、ご苦労だった」

男性が退出した後、クランマスターが手紙を確認してため息を吐《つ》き、手紙をミミさんに渡す。

「公爵家がクランにも大至急、人手を出すように言ってきた」

「まぁ、公爵家との繋《つな》がりを考えると仕方ないのぅ」

「あぁ……近場にいるクランメンバー全員に、北門に集まるよう伝達しろ」

「分かりました」

そう言ってミミさんが部屋を出ていった。

「お前達にも出てもらう。……まだ、どうなるか分からんがな」

出てもらう、って……ということは、人と人との戦い？

ここまで来ても現実味がなくて状況が飲み込めない。

クランハウスを出て皆《みな》と北門へ走る。

「戦闘《せんとう》になるのかな……」

「さぁな」

なんとなくつぶやいた言葉にサイラスさんがそう返す。

町の中は喧騒《けんそう》に包まれているけど、ランクフルトであったスタンピードの時ほどではない。荷馬車がそこら中を走り抜け、荷物をどこかに運んでいたりするけど、ランクフルトの時のように家財道具一式をまとめてどこかに避難《ひなん》しようとする人はいない。

「……まぁ恐《おそ》らく戦闘にはならないさ。なっても適当なところで手打ちになるはず」

「そう、なんだ？」

「向こうさんだって本気での潰《つぶ》し合いは望んでないはずだ。本気で潰し合えば、またカナディーラ王国の最期《さいご》みたいな状況になるのは流石《さすが》に分かっているだろう。必ずどこかで引いて話し合おうとするさ」

確かに、そう……なのかな？

まぁでも、町の人々に無駄《むだ》に危害を加えることはないと踏《ふ》んでいるからこそ、町の人々がスタンピードの時のようなパニックにはなっていないのかも。

北門に着くと既《すで》に鎧を着た兵士っぽい人が多数集まっていて、門の外に柵《さく》を立てたり壁《かべ》を造ったりしていた。このあたりはスタンピードの時とあまり変わりがない。

「大地よ、この手の中へ《操土《そうど》》」

ローブを着て高そうな杖を持った老人が魔法を使うと、その足元の土がボコリとうねり、土の山と穴が出来た。

「大地よ、我を守る壁となれ《ストーンウォール》」

そしてもう一度、魔法を使うと、土の山が盛り上がって壁になる。

老人はそうやって周囲に石の壁を造っていく。

操土の魔法で土の山を造った後の方が壁を造りやすいとか、あるのだろうか？

「来たぞぉぉ！」

その声に道の先を見ると、遠くの方に人の群れが見えた。

周囲の人々がざわめき、鎧を着た兵士達が整列して横に長い陣形《じんけい》を組んでいく。

「おいおい……えれぇ数を連れて来やがったな」

「グレスポ公爵は本気なのかのぅ」

いつの間にか後ろにいたクラマスとボロックさんがそう言った。その後ろにはクランの面々が続々と集まってきている。

こちらに向かってきている軍団はまだ遠くてよく見えないけど、パッと見た感じでは一〇とか二〇の数ではないだろう。一〇〇とか二〇〇の単位で人がいるように見える。

馬に乗った兵士に馬車。歩兵も見える気がする。

これは本当に脅しなのだろうか？

ザワザワとした空気の中に、次第《しだい》に沢山《たくさん》の馬の蹄《ひづめ》の音、鎧が擦《こす》れる金属音が混じってくる。

場の空気がどんどん重くなっていく。

が、その空気を吹き飛《ふ》ばすように、最前列で立ってたモス伯爵《はくしゃく》が叫《さけ》ぶ。

「止まれぇい！　ここをシューメル公爵が治める領土と知っての所業か！」

すると相手側の中央、馬に乗っている壮年《そうねん》の男が右手をサッと上げ。それと同時に相手の軍団が停止した。

「我《わ》が名はガエル・バトゥータ伯爵！　グレスポ公爵の名代である！　至急、シューメル公爵にお目通り願う！」

「そのように兵を率いて目通りとは笑止《しょうし》！　まず兵を引き、然《しか》るべき手順を踏むのが筋であろう！」

「我はグレスポ公爵の名代であるぞ！　それを通さぬと申すのか！」

バトゥータ伯爵と名乗った男がそう叫んだ瞬間《しゅんかん》、その後ろの騎士《きし》が一斉《いっせい》に腰《こし》の剣に手をかけた。

「用があると言うならシューメル公爵の名代である我が聞こう」

モス伯爵がそう言って腕を組む。

周囲を見回しても、二人の伯爵以外は誰も口を開く者はいない。

全員、下手に動くことも出来ず、緊張《きんちょう》が伝わってくる。

冷たい汗《あせ》が額を流れる。

「これまで、度重《たびかさ》なるシューメル家からの侮辱行為《ぶじょくこうい》には目をつぶってきた。しかし我が息子《むすこ》、ギエル・バトゥータ男爵がシューメル家に辱《はずかし》めを受けた件。まったくもって許し難く、これに正式に抗《こう》議《ぎ》し、謝罪と賠償《ばいしょう》を要求する！」

バトゥータ伯爵がそう叫ぶと、後ろの兵士が「そうだ！」「賠償金を払《はら》え！」と囃《はや》し立てた。

ギエル・バトゥータ男爵？　聞いたことがない名だ。バトゥータ伯爵が『我が息子』と言っていた以上、その人はバトゥータ伯爵の息子で間違いないのだろうけど。

周囲を確認してみても、クラマスやボロックさん、サイラスさんも少し困惑《こんわく》したような表情で、周囲からは「誰だ？」とか「なんの話だ？」といった言葉が漏れている。

モス伯爵はチラリと後ろを振り返る。後ろの騎士が困惑した顔で小さく首を横に振った。

「そのような話、聞いたこともないわ！　これ以上の暴言は公爵閣下への侮辱とみなすぞ！」

「とぼける気か！　我が息子、ギエルは今も臥《ふ》せっておるのだ！　その賠償として、謝罪と、黄金竜の鱗《うろこ》一〇枚、毛一〇〇本。そして、黄金竜の巣までの地図を要求する！」

その言葉に続いて、またあちら側の陣営から野次が飛んだ。

「やっと本音を吐《は》きおったのぅ。……しかし、余計なことまで言いおって」

「ちっ、結局それかよ。大方、適当な理由を付けて黄金竜の素材を奪《うば》う気だろうぜ。しかし……地図とはな。最悪、他は飲めてもそれだけはダメだ」

ボロックさんとクラマスが小声でそう話している。

「ふ、ふざけたことを言うんじゃない！　黄金竜の鱗一〇枚だと！　そこらの貴族の年間予算以上のモノを渡せとは、ふざけるのも大概《たいがい》にせい！　そもそも、黄金竜の鱗一〇枚なんぞ持っておらぬし、黄金竜の巣までの道など知らぬわ！」

「嘘《うそ》を吐くな！　お前達が黄金竜の鱗を手に入れておることぐらい、既に把握《はあく》しておるわ！」

バトゥータ伯爵のその言葉に周囲がザワつきだした。

やっぱり僕達が黄金竜の巣に行ったことがバレている？

しかしこの流れはマズい感じがする。『黄金竜の巣までの道があるかもしれない』という情報は、ただの可能性の提示であっても後に大きな問題を引き起こしかねない。

「ないモノはないとしか言えぬ！」

モス伯爵はそう言いつつも、苦虫を噛《か》み潰したような顔になる。

ボロックさんとクラマスはなんとも言えない顔をしている。

「そうか、どうあっても黄金竜の素材を渡さぬと言うのだな。おい――」

バトゥータ伯爵が横の騎士になにかを言うと、その騎士がすぐに後ろに走っていき、馬車の中から大きな豪華《ごうか》そうな箱を持って戻ってきた。

「……なんだ？　なにをする気だ？」

誰かの声が聞こえる。

僕も心の中でそう思っている。

バトゥータ伯爵は騎士が持つ箱を開けると、中からなにかを取り出した。

「あ、あれは！」

「まさか……武凱《ぶがい》の軍配！　こんなモノを持ち出すとは、グレスポ公爵は正気なのか！」

誰かが叫ぶ。

バトゥータ伯爵が手に持ち掲《かか》げるそれは、五〇センチぐらいの大きさで真っ黒な団扇《うちわ》のような形をしたモノ。相撲《すもう》で行司さんが持ってハッケヨイしてそうなアレだ。

「武凱の軍配？」

「あれは昔、北の国のダンジョンで発見されたアーティファクトだ。グレスポ公爵が大枚はたいて手に入れたと言われていたが、こんなところに出してくるとは、グレスポ公爵は気でも触《ふ》れたのか⁉」

「アーティファクト……あれが」

アーティファクトということは、なにか効果があるはず。形状から考えて物理的な攻撃効果とは思えない。……よね？　どこぞの世界線の諸葛亮《しょかつりょう》みたいに軍配からビーム出して無双《むそう》したりはしないよね？

そう考えるとバフかデバフか、あるいは……。

「あれにどんな効果が？」

「詳《くわ》しくは知らねぇがよ、自分が率いる軍勢の能力を上げるって噂だぜ」

「ということは……」

「超《ちょう》、戦争向きのアーティファクトだな」

クラマスは肩にかついでいた巨大な戦斧《せんぷ》のカバーを投げ捨て「つまり最悪ってぇことだ」と続けた。

周囲を見渡すと、騎士団、従士団、魔法使い、冒険者、その多くが『準備』を始めていた。

カチャリカチャリと金属鎧が擦れる音が響《ひび》き、騎士達が盾《たて》を構え、陣形が整っていく。

魔法使い達が杖を掲げる。

黄金竜の爪の冒険者達は、それぞれの得物《えもの》をギリリと握《にぎ》りしめる。

僕を残し、周りの全《すべ》てがある一点を目指して収束していく。

「なん、だ？　始まるのか？　戦争が……こんないきなり？」

答えが分かりきっている問いが口から漏れる。

どうすればいい？　何故こんなことに？　僕はなにをすればいい？

様々な言葉が頭を駆け巡《めぐ》る。

横にいるサイラスさん、シームさん、ルシールの緊張感が伝わってくる。

「これが最後の警告だ。黄金竜の素材を渡せ！」

「くどい！　そんなモノはない！」

バトゥータ伯爵とモス伯爵が言葉を交わす。

「ならば仕方があるまい」

「……」

バトゥータ伯爵が武凱の軍配を高く掲げた。

「武凱の軍配よ！　我らに力を！」

その言葉と共に武凱の軍配から赤紫《あかむらさき》のオーラがモワモワと溢れ出したかと思うと、バトゥータ伯爵側の騎士達に赤、緑、黄色、青と輝《かがや》きが降り注いだ。

そして――

「全軍、突撃《とつげき》！」

「ウォォォォ！」

唸《うな》るような雄叫《おたけ》びと共に騎兵が、騎士が、突撃してくる。

空気がビリビリと震《ふる》え、地響《じひび》きが起こり、砂埃《すなぼこり》が舞《ま》う。

「怯《ひる》むな！　魔法部隊、前へ！」

モス伯爵が叫ぶと同時に騎士の間から杖とローブの魔法使いが二〇人ぐらい進み出て、杖を構えた。

モス伯爵は剣を引き抜いて前に突《つ》き出す。

「放て！」

「風よ、我が敵を切り裂く刃となれ《ウインドスラッシャー》」

「火よ、弾けて燃えて、敵を屠れ《ファイアバースト》」

いくつもの魔法の雨が乱れ飛び、数体の騎兵が馬ごと横倒しになり、数人の騎士を足止めした。

しかしほとんどの攻撃は騎士の盾と鎧に弾かれ消える。

「魔法部隊、下がれ！　騎士団、従士団、前へ！」

魔法使いが下がり、鎧を着た騎士団・従士団が前に出てきた。

「全軍、迎《むか》え撃《う》て！　奴《やつ》らを叩《たた》き潰せば褒美《ほうび》は思いのままだぞ！」

「俺らもいくぞ！　準備しろ！　お前ら！　ここが稼《かせ》ぎ時だぞ！」

モス伯爵の掛《か》け声に合わせてクラマスも声を上げる。そして辺りの騎士や冒険者達からも雄叫びが上がる。

周囲の多くの冒険者達はギラギラと目を輝かせながら叫んでいる。

「ここで武勲《ぶくん》を上げ、騎士になる！」

サイラスさんも剣を握りしめながらそう言った。

それらの異様さに圧倒《あっとう》されながらも、僕も慌てて腰から闇水晶の短剣を抜いて構えた。しかし。

「ルークは下がっておれ！　回復を頼《たの》むぞ！」

「で、でも！」

「回復魔法持ちは少ないいんじゃ！　やられては困る！」

ボロックさんに石壁《いしかべ》の後ろに押《お》し戻されてしまう。

ボロックさんは大きなハンマーを肩に担《かつ》ぎ直すと、敵に向かって猛然《もうぜん》と走りだした。

「我こそは、ボロック・ワークス！　死にたい奴からかかってこぉい！」

そう叫びながら敵側の騎士に突進し、ハンマーを横薙《よこな》ぎにフルスイング。殴《なぐ》られた騎士は錐揉《きりも》みしながら吹き飛んでいった。

そして両軍がぶつかりあう。

あちこちで騎士や冒険者が斬《き》り結び、金属と金属がぶつかり合う音が響き、鉄の臭《にお》いが広がっていく。

「ルーク！　こいつを頼む！」

「うっ……はいっ！」

一人の冒険者が壁の裏に運び込まれてきた。

名前は知らないけど、どこかで見たことがある顔。

腹から出血していて、腕があり得ない方向に曲がっている。

「光よ、癒《い》やせ《ヒール》」

淡《あわ》い魔法の光の玉がお腹《なか》の傷を癒やしていく。だが、腕が治らない。

「クソッ！」

バレるとかどうとか考えて出し惜《お》しみしてる場合じゃない！

もうそんな状況じゃないんだ！

——神聖なる光よ、彼《か》の者を癒やせ《ホーリーライト》
ホーリーライトを無詠唱で発動。

変な曲がり方をしていた腕がボコボコと動き、正常な位置にガチリとはまる。

「もう大丈夫です！」

「ありがとよ！　これならまだ戦える！　もうひと稼ぎだぜ！」

「悪い！　こいつも診《み》てくれ！」

「はい！」

次々と来る冒険者や騎士を必死に治療《ちりょう》し続けた。

治療して。治療して。治療して。

もう何分経ったかも分からない。

一分なのか、一〇分なのか、一時間なのか。

サイラスさんの言葉が頭をよぎる。

――まぁ恐らく戦闘にはならないさ。なっても適当なところで手打ちになるはず。

本当に？

これは本当に適当なところで手打ちになるのか？

本当に、終わるのか？

魔力がなくなって、ふらつきながらも立ち上がり、壁の向こう側を見る。

地形が変わり荒《あ》れ果てた世界。ボロボロになりながら斬り結ぶ騎士達。そして辺りに転がる体。

まだ戦いは続いていた。

ふと思い出し、魔法袋《ぶくろ》の中を漁《あさ》る。

そういえば先日、ウルケ婆さんの店でたまたま買わされたアレ。魔力ポーション。

「あの時は使うことなんてないと思っていたけど、役に立つとは」

やっぱり僕は運が良いのだろうか？　運が良いならこんなことには巻き込まれないか。

瓶《びん》の蓋《ふた》を開け、中身をグイッと飲み干す。草の苦味と風味でお世辞にも美味《おい》しいとは言えない。

瓶を投げ捨て辺りを見渡すと、もはや陣形などなく、混戦のような状態。

目を彷徨《さまよ》わせ、知っている顔を探す。

そして連携《れんけい》しながら戦っているルシールとシームさんとサイラスさんを見付け、ホッと息を吐く。

遠くにはボロックさんやゴルドさん、モス伯爵がいて、別次元の戦いを繰《く》り広げていた。

「あれが、Aランクの本気の戦い……」

黒い光を帯びたゴルドさんの大剣が空中に黒い光の線を描《えが》き、ボロックさんのハンマーが大地をえぐる。

問題は、アーティファクト武凱の軍配の効果があるにせよ、あれだけ強いと思っていた彼らと互《ご》角《かく》に戦える人が相手側にもいることだ。

やはり国の上位にはAランク相当の実力者がそれなりにいるということ。

と、目の幅《はば》に映ったシームさんが肩を押さえてうずくまった。

「シームさん！　助けないと――」

次の瞬間、後ろから伸《の》びてきた腕に首を絡め取られ、締《し》め上げられる。

「うぐっ！」

「キュ！」

驚いたシオンが肩から飛び降り威嚇《いかく》する。

「き、貴様がシューメル家の回復魔法使い！　さ、最後に貴様だけは……潰しておく！」

「は、なせ！」

「キュ！　キュ！」

振りほどこうにも、物凄い力で外せない！

垂れてくる相手の血で滑《すべ》って振りほどけない！

「死ねぇぇ！」

こんなところで！

「死んで、たまるかっ！」

左手で闇水晶の短剣を引き抜き魔力を注ぎ、思いっきり後ろに突き刺した。

「っぐがっ！」

ズプリと刃が沈《しず》み込む感触《かんしょく》。落ちてくる赤い飛沫《しぶき》。

力が弱まった腕を跳《は》ね除け、地面に転がって受け身を取る。

「シオン！　こっちに！」

「キュ！」

シオンを抱《だ》きかかえ、後ずさる。

黒い短剣も、白いローブも、白いシオンにも、赤が広がっていく。

「ハァ……ハァ……」

……僕は何故、こんなことをしている？　そう、ふらつく頭で考えてしまう。

ランクフルトのスタンピードの時も突然で、否応《いやおう》なく戦うことになったけど、あれは町のピンチで、僕も町を守りたかったし、結果的に守れて良かった。

確かに黄金竜の素材は非常に重要で貴重なアイテムだし、黄金竜の巣までのルートは広めるべきではないと思う。しかし……。

これは、誰のための、なんのための戦いだ？

開け放たれた町の門から中を見ると、町の中でこちらの様子を窺《うかが》っている冒険者達が見える。この戦いに参加しないことを選んだ冒険者だろう。国の中での貴族と貴族の争いで、どちらにつくか、もしくはどちらにもつかないかを選ぶのは自由だ。……しがらみがない場合は。

これは町を守るための戦いではない。

これが、武勲を上げるということなのだろうか？

これが、名を上げるということなのだろうか？

僕を殺そうとした騎士は、地面に転がったまま動かない。

様々な感情が湧き起こってくる。

この戦いを否定するための言葉も、肯定《こうてい》するための言葉も出てこない。これがこの世界では当たり前で、僕の世界では当たり前ではなくて――

そう思い、考え直す。

いや、もうこの世界は『僕の世界』じゃないか。僕はもう、この世界の一員なんだ。

と、その瞬間。轟音《ごうおん》と共に前方の地面が吹き飛び、石礫《いしつぶて》が飛んでくる。

「今度はなんだってんだ！」

シオンを守りながら地面を転がって受け身を取り、爆心地《ばくしんち》を見た。

そこにあったのは――黄金の翼《つばさ》。

その翼をはためかせ、四本脚《あし》で地面を掴み、黄金色《こがね》の鱗に包まれた体をくねらせる。

「お、黄金竜？」

それまで戦い続けていたその場の全員が動きを止め、その一点を見つめている。

まるで全ての時が止まったように。

さっきまでそこが戦場だったとは信じられないほどに。

しかし僕は黄金竜の別の一点に目が釘付《くぎづ》けになった。


『聖獣《せいじゅう》エンシェントドラゴン』


黄金竜を見た瞬間、頭の中にその言葉が浮《う》かんだ。

「グォォガァアアアアアアッ！」

そして時が動き出す。

「黄金竜だぁぁぁぁ！」

「黄金竜が戻ってきたぞぉぉぉぉ！」

「逃《に》げろ！」

「何故こんな時に！」

ある者は腰が抜けたようにその場にへたり込み。ある者は脇目《わきめ》も振らずどこかに走り去り。ある者は、さっきまで戦っていた敵そっちのけで剣を黄金竜に向けた。

たまたま黄金竜の近くにいた者達は黄金竜に剣を向けたままジリジリと後ろに下がろうとする。

聖獣エンシェントドラゴン……ということはシオンと同じ聖獣、でいいんだよね？　だとすると、シオンのように大人しくて賢《かしこ》いのでは？

「グガァァッ！」

……賢いかどうかはともかく、大人しい性格ではない気がする。いや、大人しいのかもしれないけど、少なくとも今は怒《おこ》っているように見える。

シオンを抱き上げ、その目を見る。

「キュ？」

同じ聖獣とはいえ、シオンが聖獣リオファネルだったので別の種族なんだろうけど、似た要素があるようには見えない。

黄金竜に視線を戻す。

あれが本当に聖獣なら、もしかしたら話が通じるのでは？

生まれたばかりのシオンですらここまで意思の疎通《そつう》が出来ているんだ、その可能性はある。

「ひ、怯むな！　黄金竜の方から出てくるとは好都合だ！　奴の討伐に力を貸すならこれまでのことは水に流して誰にでも金貨二〇〇枚出すぞ！　グレスポ公爵様へもとりなしてやろう！」

「うぉぉぉ！」

「やるぞぉ！」

バトゥータ伯爵の『金貨二〇〇枚』発言に男達が沸《わ》き、それを聞いたモス伯爵が「……なにを言ってやがる。黄金竜の怖《こわ》さを理解してないのか⁉　クソッ！　これだから北の人間は！」と吐き捨てた。

さっきまで二つの勢力に分かれて戦っていたのに、今は敵味方が入り交じり、逃げる人もいれば戦う人もいるし、その場で動かない人もいて、誰が敵で誰が味方で誰がどんな目的を持って動いているのかまったく分からない状態になった。

「黄金竜を倒した者には白金貨五枚と男爵位を約束する！　全員、かかれ！　かかれぇえい！　武凱の軍配よ！　我らに力をっ！　行け！」

「よしっ！　俺がやる！　その首、貰ったぁぁ！」

「グガッ！」

さっきまでゴルドさんと剣を交えていた相手側の騎士が黄金竜に飛びかかる。しかし黄金竜は長い尻尾《しっぽ》を一閃《いっせん》。騎士は吹き飛び、森の中に消えていった。

「う、嘘だろ……」

Aランクのゴルドさんと互角に戦っていたということは、あの騎士もAランク相当。それが一撃。

元々、黄金竜はSランク以上とは聞いていたけど、Sランクなんて余裕《よゆう》で超《こ》えているんじゃないのか？　これに近づいて話し合い？

「ハハッ……」

冗談《じょうだん》キッいよ！

仕事しろよ〈幸運Ⅲ〉……いや、本当にもうちょっと仕事して……。

「トムソンが一撃で……」

「嘘だろ……」

相手側の男達に動揺《どうよう》が広がっていく。

恐らくあの騎士はグレスポ公爵領では強者《つわもの》として名を馳《は》せた人物だったはず。それが一撃。彼らじゃなくても絶望感しかない。

「怯むな！　突撃！　突撃！」

「つってもよ……」

「本当に、倒せるもの……なのか？」

その間にも黄金竜の尻尾に、一人、また一人と吹き飛ばされていき、全員ジリジリと後退していく。

「なにをしてる！　逃げるな！　倒さなければ褒美はないぞ！　突撃——グボッァ‼」

バトゥータ伯爵が突進してきた黄金竜の爪に触れ、ボロ雑巾《ぞうきん》のように地面に転がった。

「あ……無理だ……無理だぁぁ！」

「逃げろ！　逃げろ！」

「この町はもうダメだ！　逃げろ！」

多くの敵軍の騎士や冒険者達が蜘蛛《くも》の子を散らすように四方八方に走り去っていく。

無理だ……って、どうすればいいんだ？　逃げるしかないのか？　それとも本当にここから話し合いを目指すべきなのか？

考えていると、黄金竜の顔がこちらを向いた。

爬虫類《はちゅうるい》特有の縦長のゴールデンアイが僕を捉え、その瞳孔《どうこう》が大きくバカリと開く。

ヤバい！　なんだか分からないけど、こっち見てる！

蛇《へび》に睨《にら》まれた蛙《かえる》のごとく、一瞬、体が硬直《こうちょく》して動かなくなる。と、シオンが僕の手の中から飛び降りて走り出した。

黄金竜の方へ。

「ちょっ！　シオン、待て！　そっちはダメだ！」

一体どうしたんだよ！　何故こんなタイミングで！

シオンを追いかけ走り始めた瞬間――

「グガガガガッ！」

黄金竜が大きく吠《ほ》えたかと思うと、翼を大きく広げ、四本の脚を大きく広げて地面を掴むように爪を立て、口を大きく開いた。

そして、その口の前に白く光る大きな魔法陣が現れる。

あれは、なんだ？　なんだか分からないけどヤバい気がする！　なんとか……なにか手はないか⁉

「ヤベェぞ！　ブレスだ！　ブレスを吐く気だ！　全員、射線上から離れろ！　回避しろ！　回避！」

「でも！　後ろには町が！」

「んなこと言っとる場合か！」

クラマスやボロックさん達の声が聞こえるが、それどころじゃない。ヤツの目は、しっかりとこちらを捉えている。あれは……逃げられない。

「クソッ！」

なんだってこんなことに！　毎回のように災難に遭《あ》っているじゃないか！

魔法袋に手を突っ込み、ありったけの聖石を掴み出し、それを握りしめて黄金竜の方に突き出し、呪文を詠唱する。

「神聖なる光よ！」

魔力を循環《じゅんかん》させ、ありったけの魔力を呪文に乗せていく。

あぁ、ウルケ婆さん、魔力ポーションが高いと言ってごめんなさい。あなたの作ったポーションの効き目は素晴らしいです。これのおかげでこの魔法が使えそうです。命拾いしたかはまだ分かりません。それにしても、魔力ポーションって、即時《そくじ》回復じゃなくて回復速度アップ系の効果なんですね。初めて知りました。

「全てを拒《こば》む盾となれ！」

右手に集まった魔力が手の中の聖石を溶《と》かし、輝くオーラに変えていく。

もしかしてあの時、例の白い場所で〈天運〉を削除《さくじょ》し忘れたんじゃないだろうか？　次また機会があれば今度はポーズを取りながら指差し確認で『ヨシッ！』っと三重チェックで削除してやるからな！

どうでもいいことが何度も頭に浮かぶ。

……でも、もう二度と転生なんて御免《ごめん》だからさ……頼む！　本当に、本当に全てを拒んでくれよ！

「グガァァァァァァッ！」

黄金竜の叫びと共に口から放たれたのは光。全てを飲み込む光の柱。

魔法陣から生まれたその光の柱は、真っ直《ますぐ》ぐ僕に向かって伸びてくる。

それに呼応するように、僕も発動句を叫ぶ。

「《ディバインシールド》‼」

現れたのは虹色《にじ》に輝く丸い盾。

目一杯《めいっぱい》の魔力と握れるだけの聖石を使い生み出されたそれは、以前の倍以上の大きさがあった。

そしてぶつかり合う白と虹。轟音と、一面の白く輝く世界。

一瞬とも数分とも思える時間の後、白い世界が消え去り、虹色の盾もパリンと割れて霧散した。

「……耐《た》えきった？」

心地《ここち》よい疲労《ひろう》感と安堵《あんど》感から崩《くず》れ落ちそうになるも、なんとか耐えて前方に走る。

ここで倒れたら全てが水の泡《あわ》になる。大事なのはこれからだ！

黄金竜の近くで伏《ふ》せているシオンに走り寄って抱き上げる。

「キュ！」

やっぱり、シオンは無事だ！　黄金竜にシオンを傷つける意思はないはず。

シオンを黄金竜の方に向けて掲げ、叫ぶ。

「黄金竜よ！　話を聞いてほしい！　この子を向こうの山で見付けた。僕はこの子を、親の元に返してあげたいんだ！」

黄金竜の黄金の眼《め》が僕を見つめる。そして閉じられた口の端《はし》から、ため息でも吐くようにフシュ

ーと蒸気が漏れ出た。

「キュ」

シオンがそう一声、鳴く。

黄金竜はこちらを見たまま動かない。沈黙《ちんもく》の時間が続く。

「グガッ」

「キューン」

黄金竜がなにかを発したと思ったら、シオンがそれに応《こた》えた。

どうしたんだ？　会話している？

すると黄金竜は西の方角を向き、口を開く。その口にまたさっきの魔法陣が形成されていった。

失敗した⁉　もう魔力が残ってない！　ディバインシールドは使えない！

と思っていると、黄金竜は西の空にさっきよりも小さなブレスを軽く吐く。

ゴッと白い光の柱に空気が切り裂かれ、進行方向上の雲の中央が吹き飛んで大穴を開ける。

その威力に驚いていると、黄金竜は「グガッ」と鳴き、翼を大きく広げて空中に飛び上がり、あっという間に巣の方に向けて飛び去っていった。

その姿を見送って、その場に座《すわ》り込む。

「助かっ……た？」

あぁ、助かったんだ。

今回も本当に危なかった……。シオンが人の言葉をある程度分かるなら、同じく聖獣である黄金竜も分かるかも、という予想。それに賭《か》けて正解だった。

騎士を倒した時の返り血で真っ赤に汚《よご》れたシオンを見る。

「……あぁ、そうか」

黄金竜がいきなり僕を見た、と思ったけど、あれは僕を見ていたのではなく、シオンを見ていたのか。

シオンはシオンで、黄金竜と話を付けようとしてくれていた。

黄金竜は、人間の中に血だらけの聖獣の子供を見付け、それを追いかけていた人間にブレスをぶっ放した。

ただの推測でしかないけど、それならシオンの行動を含めて納得《なっとく》出来る部分も多い。

「そう考えると、僕はなにをしたんだろう、っていう話になるんだけどね……」

まぁいいさ。それで上手《うま》くいったのなら。

終わりよければ全てよし、ってね。

「キューン！　キューン！」

シオンは黄金竜を見送るように、僕の肩の上でずっと鳴き続けていた。

◆　◆　◆

「はぁ……さて……」

大きく深呼吸し、周囲を見渡してみる。

荒れ果て陥没《かんぼつ》した地面。薙ぎ倒された木々。そして地面に横たわる人。

さっきまでここにいたはずの多くの人々はいなくなっている。

ある者は負傷して町の中に運び込まれ。ある者は黄金竜に吹き飛ばされ。ある者は黄金竜に敵《かな》わないと気付いた瞬間、全速力で逃げ去った。

「目撃者が少ないのは良いことだけど……」

う～ん、仕方がなかったとはいえ、神聖魔法を人前で堂々と使ってしまった。今後どうするのか早急《さっきゅう》に考えないとヤバい気がする。

そう考えていると、遠くの方でモス伯爵が声を張り上げ、事態を収拾しようとしていた。

「引き続き警戒《けいかい》を怠《おこた》るな！　動ける者は負傷者を回収しろ！　敵軍は追わなくていい！　公爵様に事の次第を報告！」

その声に騎士達が立ち上がってバタバタと動き始める。

以前ランクフルトでグレートボアを倒した時のような浮かれた空気は、そこにはなかった。

彼らを眺《なが》めながら腕の中のシオンを撫でていると、ボロックさんがこちらに歩いてきた。

「その様子じゃと怪我《けが》はなさそうじゃな。しかしルークよ、あんな切り札を持っておったとはの。お前さんにはなにかあるとは思っとったんじゃが、あんなモノは想像しておらんかったわい」

「切りふ……そうですね。それなりに色々とありますから」

長いこと冒険者をやっていると誰でも切り札の一つや二つは持つようになる、と聞いたことがある。

毎回使うにはコストが高いアイテムだったり、持っていることを他人に知られたくない特殊《とくしゅ》な装備だったり、そして使えることを知られたくない魔法だったり。

確かに神聖魔法は僕にとっての切り札だ。

「で、ルークよ、さっきのアレはなんじゃ？」

「サラッと聞いてきますね……まぁ、僕のとっておきの切り札ってことで」

「そうか。なら仕方ないのぅ」

冒険者の手の内を必要以上に聞こうとするのはマナー違反《いはん》だ。

しかしボロックさんがこうやって聞いてくるということは、ボロックさんレベルの人物でも神聖魔法を知らない、という予想の補強になった。

やっぱり神聖魔法はそれだけレアなのだ。

そのことを確かめられたのは良かった。……と思っておくしか今はない気がする。

「それで、お前さんはこれからどうしたいんじゃ？」

「……どう、とは？」

「アレは少々、目立ちすぎじゃったからの」

「まぁ、そうですね……」

ディバインシールドが目立ちすぎだったのは自分でも理解している。

黄金竜のブレスを防ぎきったのだから。

「ところで、地位や名声に興味はあるかの？」

「あまり、ありませんね」

現時点においては、地位や名声はデメリットの方が大きい。

それだけ注目されたことで起こり得る問題を跳ね返すだけの実力が僕にはまだないからだ。

「ふむ……」

ボロックさんはそうつぶやき、腕を組んだ。

「ならば別の町に移る方がええかもしれんのぅ」

「別の町、ですか？」

「シューメル公爵の庇護《ひご》下に入るなら、なんとでもなるんじゃがの。それは嫌《いや》なんじゃろ？」

「そうですね」

シューメル公爵の庇護下、ということは子飼いになるということだろう。

う〜ん、今は国に縛《しば》られたくはない。

まだ僕は、世界を見ていないのだから。

「ボロックさん。僕がこの町に残ったら、具体的にどうなりますか？」

「そうじゃのぅ……まぁ、おまえさんのことを調べようとする連中は増えるじゃろうて。シューメル公爵を筆頭にの」

「あー……」

それは良くない。

ぶっちゃけ、この世界の実力者に本気で調べられた場合、どこまでバレてしまうのか読めないのが大問題だ。もしかすると僕がまだ知らない諜報《ちょうほう》向きの魔法やアイテムがあるかもしれないし。

それに、そういう相手から調べられるような状況になって、息の抜きどころがない生活になるなんてまっぴら御免だ。

「それに、今回はグレスポ公爵方の騎士も見ておったからのぅ。それがどうなるか」

「う～ん……」

グレスポ公爵側との戦闘の中で目立ってしまったことで、あちらに注目されてしまった可能性もあるのか。

もしかすると変に恨《うら》まれたりする可能性も……。

どんどん気分が重くなってくるぞ……。

「……もう少し考えたいと思います」

「そうか。まぁ、どちらを選んでもワシがやれることはするつもりじゃからの」

「どうして、そこまでしてくれるのですか？」

「そりゃあ、命を救ってもらったしの。それに今回は町もじゃろ」

「あれは……」

黄金竜は僕を狙った、という言葉が口から出かかり、寸前で止まる。

それは言っても仕方がない。

「ありがとうございます」

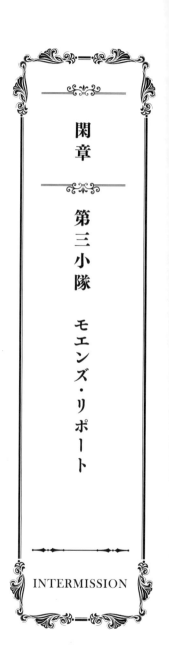

閑章　第三小隊　モエンズ・リポート

INTERMISSION

シューメル公爵家《こうしやくけ》従士隊第三小隊所属、エド・モエンは扉《とびら》の前に立っていた。

目の前にあるその扉は見るからに重厚《じゆうこう》そうで、エド・モエンはここに立つといつも緊張《きんちよう》していることを思い出した。

軽く深呼吸し、呼吸を整えてから最後の身だしなみを確認《かくにん》する。

正装はしている。服に汚《よご》れはない。報告書は持っている。全《すべ》て問題ない。

そして意を決し、その扉をコンコンと軽く叩《たた》いた。

「入れ！」

扉の向こう側から聞こえたハリのある声に「失礼します」と返し、扉を開く。

中に入ると部屋の中には高価そうな応接セットと大きな執務《しつむ》机があり。シューメル公爵家当主、アレク・シューメル公爵が窓際《まどぎわ》で外を眺《なが》めるように立っていた。

エド・モエンは部屋の中に一歩二歩と進み、執務机の前で右手を胸に当てながら大きく一礼する。

これがこのカナディーラ共和国での正式な挨拶《あいさつ》の仕方。

自分と相手の関係性によって右手の位置が変わり、相手が目上の場合、右手は胸の前。相手が同等、もしくは下なら腹の上に右手を置く。これを間違《まちが》えると大変なことになるので、貴族の身分は常に把握《はあく》しておかなければならないのだ。

「従士隊第三小隊所属、エド・モエン。バトゥータ伯爵《はくしやく》によるアルノルン襲撃《しゆうげき》事件、並びに黄金竜《りゆう》来襲に関する報告書をお持ちしました」

「うむ」

シューメル公爵は軽く頷《うなず》くと振《ふ》り返り、報告書を受け取ると椅子《いす》に腰掛《こしか》けた。

そして報告書をパラパラとめくっていく。

「黄金竜が襲来した理由は不明。恐《おそ》らくバトゥータ伯爵との戦闘《せんとう》音に刺激《しげき》されたと考えられる、か。妥当《だとう》なところだろうな」

「はい」

確かなことは言えないが、この可能性が一番高いだろう。

続いて両軍の被害状《ひがいじよう》況《きよう》や騎士《きし》団・従士団の状態などを軽く確認し、報告書をめくる。

「黄金竜のブレスが謎《なぞ》の光によって遮《さえぎ》られた。これに関しての調査状況はどうなっている」

「はい。まだ詳《しよう》細《さい》不明ですが、謎の光は黄金竜の爪《つめ》に所属する冒険者《ぼうけんしや》によって引き起こされたとの情報もあります。黄金竜の爪に確認を取っていますが、難しいかもしれません」

「そうか」

能力の高い冒険者なら誰《だれ》にも見せない切り札の一つや二つは持っている。

冒険者はそういった切り札の開示を嫌《きら》うので、必要以上にそこをつつくと有能な冒険者に町から逃《に》げられてしまう可能性がある。

なのでこの調査は難しいのだ。

黄金竜のブレスを遮るとは最低でもSランク以上の能力を持つなにかがあるはずで、可能なら手に入れておきたいが、ここは慎重《しんちょう》に行動する必要がある。

「黄金竜が巣に戻《もど》った理由も不明」

これも調べようがないので仕方がない。

「バトゥータ伯爵の死亡を確認――愚《おろ》かな」

バトゥータ伯爵は黄金竜に本気で勝てると考え剣《けん》を向けたのだ。愚かとしか言いようがない。

しかしその愚かな行動で関係のないアルノルンが滅《ほろ》びかけた。まったく笑えるものではない。

シューメル公爵は眉《まゆ》をひそめ、また報告書をめくる。

「バトゥータ伯爵家の重臣を捕獲《ほかく》。グレスポ公爵の関与《かんよ》は認めたか？」

「いえ、バトゥータ伯爵の独断行動だと言い張っています」

「ちっ、あれだけゴラントンに物資を集めておいて白々しい」

ゴラントンはグレスポ公爵の治める町。そこでグレスポ公爵が物資を買い漁《あさ》っていたことは既《すで》に先日の調査で判明している。

バトゥータ伯爵が動かした軍の大きさからしてもグレスポ公爵が今回の襲撃を知らないはずがないのだ。

今回の襲撃も、上手《うま》く成功していればグレスポ公爵家の軍隊が後から乗り込《こ》んできていたはず。

しかし『知らない』と言い張られてしまえば、グレスポ公爵への追及《ついきゅう》は難しい。

恐らく今回の件もうやむやになるのだろう。

「バトゥータ伯爵がアルノルンを襲撃した理由は……バトゥータ伯爵の長男、ギエル・バトゥータ男爵がダリタ・シューメル公爵令嬢《れいじょう》に暴行を受けたことに対する報復——おいっ、これはどういうことだ？」

「い、いえ。これは捕虜《ほりよ》がそう主張しているもので……」

「ダリタを呼べ」

シューメル公爵がそう言うと、ドアの側《そば》に気配もなく立っていた執事が一礼し、部屋から出ていった。

そして暫《しばら》くするとドアがノックされ、ダリタ・シューメル公爵令嬢が入ってくる。

「父上、お呼びでしょうか」

「あぁ。単刀直入に聞く。ギエル・バトゥータ男爵という男は知っているな？」

「名前は聞いたことがある気がしますが……詳《くわ》しくは存じ上げません」

「……では最近、男を殴《なぐ》ったのはいつだ？」

「……父上、なにを言われているのかよく分からないのですが」

シューメル公爵は机の上で指を組み、ダリタをギロッと睨《にら》む。

それを見たダリタが「うっ……」と唸《うな》り、喋《しゃべ》り始める。

「先日……騎士団の練習に参加した時、弱音を吐《は》いた騎士にちょっと……」

「そうじゃない。もっとこう、外で。屋敷《やしき》外で貴族とか……民間人に暴行しただろ」

バトゥータ伯爵はグレスポ公爵の一派だ。基本的にシューメル公爵家に来ることはない。接点があるとすれば町中である可能性が高い。

「……父上は私をなんだと思っていらっしゃるのですか？　いくらなんでも屋敷の外でいきなり暴れるような真似《まね》はしておりません！」

「そうかもな」

「そうです！」

シューメル公爵は適当に流しながら半分空気になっていたエド・モエンを見る。

「このギエル・バトゥータ男爵とはどんな男だ」

「は、はい！　えぇっと……確かバトゥータ伯爵の長男で歳《とし》は三二。大柄《おおがら》ではありますが女神《めがみ》の祝福は推定二〇回程度と、武人としての評価は低め。人相が悪く、顔は髭《ひげ》で覆《おお》われているそうです。普段《ふだん》は身分を隠《かく》し、革鎧《かわよろい》にショートソードという冒険者風の姿で手下を連れて領内を遊び回っているようです。女性にわざとぶつかって難癖《なんくせ》をつけたりと、評判は最悪。第三小隊はアルノルン内でも何度か存在を確認しており、監視《かんし》対象になっております」

「あっ……」

シューメル公爵の鋭《するど》い眼光に促《うなが》され、ダリタは喋り始めた。

「確か以前、町を歩いている時に似たような風貌《ふうぼう》の男がぶつかってきて、難癖をつけられました。その現場はトリスンも、多くの町人も見ております」

「ほう。続けたまえ」

「……確かにそういう男と遭遇《そうぐう》はしました。しかし殴ってはいません！」

「……蹴《け》ったのか？」

「……はい」

「はぁ……」

シューメル公爵は息を吐きながら背もたれに体重を預け、天井《てんじょう》を見る。

状況的にダリタは悪くない。それはまず間違いない。ふっかけてきたのはバトゥータ男爵側だし、どうやら悪意もあったようだ。

公爵令嬢にそんなことをしたら、どんな報復を受けても仕方がない。

それを恨《うら》んで軍隊まで出してくるとは逆恨《さかうら》みも甚《はなは》だしい。

それにグレスポ公爵が怪《あや》しい動きを見せていたのはもっと前からで、この件はタイミングよく出てきたキッカケに過ぎず、これがなくても近い内に軍事衝突《しょうとつ》は起こっていただろう。

しかし——

「どこで育て方を間違えたのか……」

町中で喧嘩《けんか》をして相手を蹴り飛ばす公爵令嬢がどこにいる。

代々このカナディーラで将軍職を守ってきた武門の一族シューメル家とはいえ、これはない。

「やはりモス伯爵に預けたのは失敗だった、か……」

シューメル公爵のつぶやきは天井へと消えていった。

エド・モエンは、そろそろ家に帰りたいと思った。

エピローグ

EPILOGUE

「わが呼び声に答え、道を示せ《サモンフェアリー》」

クランハウスにある自室の中、いつものように立体魔法陣《まほうじん》が割れてリゼが飛び出してきた。

「こんにちは！」

「やあ、こんにちは」

「キュ！」

なんだか久し振《ぶ》りにリゼに会えた気がして、少しホッとする。

最近は色々あったもんね……。まだまだ問題は継続《けいぞく》中だけど。

「ルーク！　だから喧嘩《けんか》しちゃダメって言ったのに！」

「あー……あっ！　確かにそう言われてた！　ごめん！　いきなりのことで気が動転してたんだ」

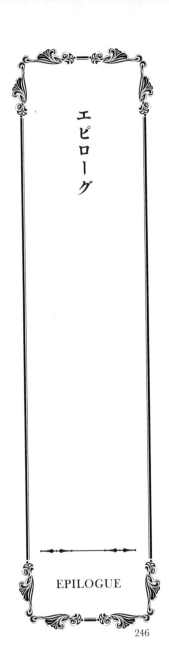

「もー！」

そうだ。以前、リゼを召喚《しょうかん》した時、確かに黄金竜《りゅう》と喧嘩をしてはダメだと聞いたはず。

その時は黄金竜と喧嘩なんて成り立つわけがないと思っていたから真剣《しんけん》に聞いてなかったかも……。

「ドラゴンさん、ちょっと怒《おこ》ってたんだからね！」

「そうか……。また会う機会があれば謝《あやま》っておかないとだね」

もう二度と会いたくない気もするけど……。

「それで、さ。これから西に旅に出ようと思うんだけど、リゼはどう思う？」

「いいと思う！」

「そっか」

これまで、重要そうなことをあまりリゼに質問しないようにしていた。

いくらリゼの言葉が当たるとはいっても。

いくらこれまでリゼの言葉に助けられてきたとしても。

誰《だれ》かの言葉で自分の行動を決めるのは良くないからだ。

誰かの言葉で行動して失敗したら、その誰かを責める心が生まれてしまうかもしれない。

それが怖《こわ》かったんだ。

でも、今回は聞いておく。

「ありがとう。決心がついたよ！」

「うん！」

それからすぐ、ボロックさんに会いに行った。

「決まったかの？」

「はい。この町を離《はな》れようと思います」

「そうか……寂《さび》しくなるのぅ。まぁ、ワシはいつも一人であの洞窟《どうくつ》に住んどったんじゃがの」

そう言ってボロックさんはガハハと笑った。

「もう町に住めばいいのでは？」

「実はの、そうすることに決めたんじゃ。あの洞窟は、埋《う》めることにした」

「そう……なのですね」

「あの洞窟は……危険すぎる。死の洞窟もそうじゃがの、今回のことで黄金竜の巣の問題も増えてしもうた。このままにしておけば、いつかあの洞窟が新たなる問題を引き起こすじゃろう。その前に埋めるべきじゃよ」

そうかもしれない。

僕《ぼく》にとってもあの洞窟は思い出深い場所だけど、僕よりも強い愛着を持つボロックさんが決めたのなら、僕が口を出せる話ではないよね。

そう考えていると、ボロックさんが後ろの棚《たな》から布袋《ぬのぶくろ》を取り出し、机の上に置いた。

「これは？」

「黄金竜の巣の調査の報酬《ほうしゅう》じゃよ。それと、アーティファクトの代金もな」

その布袋を持ち上げてみると異常な重さを感じ、慌《あわ》てて中を開けてみる。

「金貨六〇〇枚ある」

「ろ、六〇〇ですか？」

「アーティファクトの代金じゃからの。そんなもんじゃよ」

桁外《けたはず》れの金額にビックリするも、ありがたく受け取っておく。

「黄金竜の爪《つめ》には席は残しておくからの。いつでも戻《もど》ってきていいんじゃぞ。ほとぼりが冷めたら戻ってくるのもアリじゃよ」

「ありがとうございます！」


ボロックさんに礼を言って別れ、鍛冶屋《かじや》の親方やウルケ婆《ばあ》さん、ダリタさんやミミさんなど、会える人には会って報告していった。

そしていつものように食堂にいたサイラスさん達《たち》の元に向かい、ここでも別れの報告をした。

「そうか……寂しくなるな」

「えぇぇ！　ルーク、別の町に行くの？」

「……そう」

仕方がないけど、なんだかしんみりした空気になってしまう。

でも、旅をすると決めた時点で、こういった別れをいくつも繰《く》り返していくのは分かっていた。

分かっていたけど、やっぱり寂しいものだよね。

「いつ発《た》つんだ？」

「急だけど、明日には出ようと思ってるんだ」

「そうか……。まぁ、冒険者《ぼうけんしゃ》には出会いと別れは付き物だ。今日は飲もうぜ！」

「そうね！　飲もうよ！　シオンもね！」

「キュ！」

「いや、シオンはダメだろ」

「それじゃー、ルークの門出《かどで》に、乾杯《かんぱい》！」

そうしてその日は飲み明かし、翌朝。

よく晴れた青空の中、サイラスさん達やボロックさんが門の前まで見送りに来てくれた。

「これが今生の別れというわけじゃないんだ、また会おうぜ」

「そうだね！　またどこかで会おうよ！　シオンもね！」

「うん！　また会おう！」

「キュ！」

サイラスさんとシームさんと握手《あくしゅ》を交《か》わす。

「……ルーク。その、色々とありがとうね。ルークのおかげで色々と知ることが出来たから……」

「うん」

「またね」

「またどこかで」

ルシールとも握手を交わす。

「ここから西に進めばアルメイル公爵《こうしやく》の領土に入るじゃろう。そちらなら比較《ひかく》的過ごしやすいはずじゃ。達者でな」

「ボロックさんもお元気で」

ボロックさんと握手を交わし、乗り合い馬車に乗る。

馬車がガタリと動き出し、皆《みな》が少しずつ小さくなっていく。

何度経験しても別れというモノには慣れそうにない。

馬車が門を越《こ》えた時、ボロックさんが右手を上げた。

「ヨーホイ」

その言葉に懐《なつ》かしさを感じながら右手を上げ、僕も返す。

「ヨーホイ」

その言葉を残し、馬車は進み続ける。

次の目的地はアルメイル公爵が治める町、アルッポ。

あとがき

春眠《しゅんみん》暁《あかつき》を覚えず——という言葉が真っ先に思い浮《う》かぶ今日このごろですが、まるで春の長い夢の中にいるような心地《ここち》で、気が付けば前巻発売から一年が経とうとしているとか、おどろ木ももの木さんしょの木で——要するに、遅《おそ》くなってしまい申し訳ありませんでした！

ということで、ついに『極《ごく》スタ』の四巻を出すことが出来ました。本当にありがとうございます。ここに来るまでにはちょっと色々とあったりして、生きるのに必死だったりしました。まぁそれについては追々《おいおい》、カクヨムで書いてるエッセイの方にでも書いていければと思いますが……。

突然《とつぜん》ですが、極スタの特典SS（ショートストーリー）情報についてまとめておきたいと思います。

現時点で極スタのSSは覚えているだけで六つ。

まず書籍化《しょせきか》記念で書いた『リゼとシオンと廃坑《はいこう》のバナーニキング』と『光の翼《つばさ》とエレムのダンジョン地下三五階』ですが、これは小説投稿《とうこう》サイト『カクヨム』ドラゴンノベルスのレーベルページで読めます。

次にKADOKAWAラノベ横断企画《きかく》で書いた『エルフマンは完全なるエルフを目指す』は今でもカクヨムとキミラノで読めます。

そして『タイトル不明（MMO仲間の話）』はKADOKAWAアプリの特典となっており。最後に『エレムのダンジョンのエリス』『生き残る冒険者《ぼうけんしゃ》とは』は店舗《てんぽ》特典用のSSペーパーです。

自分的に、これらのSSや作中の『閑話《かんわ》（閑章）』はただのおまけではなく、ストーリーや世界観を補強する話を考えて書いているつもりです。なので読んでいただければ新しい発見があるかも！　なので探してみていただければ嬉《うれ》しいです。


ということで、まだまだ語り足りないところではありますが、文字数の関係で、続きはWEBで！　カクヨム、ユーチューブ、ツイッター、ピクシブ、等々のSNSではこのペンネームで活動しているので、気軽に声をかけていただければと思います。

ツイッターとピクシブでは刻一《こくいち》画伯《がはく》による『極スタ』の挿絵《さしえ》も公開していますよ！

それではまたお会いしましょう。

二〇二一年二月二七日　刻一

本書は、カクヨムに掲載された「極振り拒否して手探りスタート！　特化しないヒーラー、仲間と別れて旅に出る」を加筆・修正したものです。

DRAGON NOVELS
ドラゴンノベルス

極振り拒否して手探りスタート！
特化しないヒーラー、仲間と別れて旅に出る 4

2021年4月5日 初版発行

著　者 刻一《こくいち》

発行者 青柳昌行

発　行 株式会社 KADOKAWA
〒102-8177 東京都千代田区富士見 2-13-3
電話 0570-002-301（ナビダイヤル）

編　集 ゲーム・企画書籍編集部

装　丁 AFTERGLOW

D T P 株式会社スタジオ205

印刷所 大日本印刷株式会社

製本所 大日本印刷株式会社

DRAGON NOVELS ロゴデザイン 久留一郎デザイン室+YAZIRI

●お問い合わせ
https://www.kadokawa.co.jp/（「お問い合わせ」へお進みください）
※内容によっては、お答えできない場合があります。
※サポートは日本国内のみとさせていただきます。
※ Japanese text only

定価（または価格）はカバーに表示してあります。

ISBN978-4-04-074042-3 C0093